COMMENT
JE SUIS DEVENU
STUPIDE

Du même auteur aux Éditions J'ai lu

La libellule de ses huit ans (7300)

MARTIN Page

COMMENT JE SUIS DEVENU STUPIDE

ROMAN

« Il leur enviait tout ce qu'ils ne savaient pas. »
Oscar WILDE,
*Le Crime
de lord Arthur Savile.*

« *Ob-la-di ob-la-da life goes on bra.* »
The Beatles,
Ob-la-di ob-la-da,
album blanc.

Il avait toujours semblé à Antoine avoir l'âge des chiens. Quand il avait sept ans, il se sentait usé comme un homme de quarante-neuf ans ; à onze, il avait les désillusions d'un vieillard de soixante-dix-sept ans. Aujourd'hui, à vingt-cinq ans, espérant une vie un peu douce, Antoine prit la résolution de couvrir son cerveau du suaire de la stupidité. Il n'avait que trop souvent constaté que l'intelligence est le mot qui désigne des sottises bien construites et joliment prononcées, qu'elle est si dévoyée que l'on a souvent plus avantage à être bête qu'intellectuel assermenté. L'intelligence rend malheureux, solitaire, pauvre, quand le déguisement de l'intelligence offre une immortalité de papier journal et l'admiration de ceux qui croient en ce qu'ils lisent.

La bouilloire commença à émettre un sifflement souffreteux. Antoine versa l'eau frémissante dans une tasse bleue décorée d'une lune entourée de deux roses rouges. Les feuilles de thé s'ouvrirent en tourbillonnant, diffusant leur couleur et leur parfum, tandis que la vapeur s'envolait et se mêlait au corps de l'air. Antoine s'assit à son bureau face à l'unique fenêtre de son studio en désordre.

Il avait passé la nuit à écrire. Dans un grand cahier d'écolier, après bien des tâtonnements, après des pages de brouillon, il avait enfin réussi à donner une forme à son manifeste. Avant cela, pendant des semaines il s'était exténué à trouver une échappatoire, à imaginer des faux-fuyants probants. Mais il avait fini par admettre l'effroyable vérité : c'est son propre esprit qui était la cause de son malheur. Cette nuit de juillet, Antoine avait donc noté les arguments qui devaient expliquer son renoncement à la pensée. Le cahier resterait comme le témoignage de son projet, au cas où il ne sortirait pas indemne de cette expérience périlleuse. Mais sans doute était-ce là avant tout le moyen de se convaincre lui-même de la validité de sa démarche, car ces pages de justifications avaient l'apparat d'une démonstration rationnelle.

Un rouge-gorge tapota sur la vitre avec son bec. Antoine leva les yeux de son cahier, et, comme pour répondre, tapota dessus avec son stylo. Il but une gorgée de thé, s'étira sur sa chaise et, passant une main dans ses cheveux un peu gras, songea qu'il faudrait qu'il vole du shampoing au Champion du coin. Antoine ne se sentait pas l'âme d'un voleur, il n'avait pas assez de légèreté pour ça, aussi il prélevait seulement ce dont il avait besoin : une noisette de shampoing pressée discrètement dans une petite boîte à bonbons. Il procédait de la même manière pour le dentifrice, le savon, la mousse à raser, les grains de raisin, les cerises ; prélevant sa dîme, il picorait ainsi quotidiennement dans les grands magasins et les supermarchés. De même, n'ayant pas assez d'argent pour acheter tous les livres qu'il désirait, et ayant observé l'acuité des vigiles et la sensibilité des portiques de sécurité de la FNAC, il volait les livres page par page et les reconstituait ensuite à l'abri dans son appartement, comme un éditeur clandestin. Chaque page étant gagnée par un délit, elle acquérait une bien plus grande valeur symbolique que si elle avait été collée et perdue parmi ses sœurs ; détachée d'un livre, dérobée, puis patiemment reliée, elle devenait sacrée. La bibliothèque d'Antoine comptait ainsi une vingtaine de livres reconstitués dans sa précieuse édition particulière.

Alors que le jour venait de se lever, épuisé par sa nuit blanche, il s'apprêtait à donner une conclusion à sa proclamation. Après un instant d'hésitation le bout du stylo entre les dents, il commença à écrire, la tête penchée près du cahier, la langue passant sur le bord de ses lèvres :

« Il n'y a rien qui m'énerve plus que ces histoires où le héros, à la fin, retrouvera sa situation de départ en ayant gagné quelque chose. Il aura pris des risques, vécu des aventures, mais, au final, retombera sur ses pattes. Je ne veux pas participer à ce mensonge : faire semblant de ne pas déjà connaître la conclusion de tout ça. Je sais très bien que ce voyage dans la stupidité va se transformer en un hymne à l'intelligence. Ce sera ma petite *Odyssée* personnelle, après bien des épreuves et des aventures dangereuses, je finirai par rejoindre Ithaque. Je sens déjà cette odeur d'ouzo et de feuilles de vigne farcies. Ce serait hypocrite de ne pas le dire, de ne pas dire que, dès le début de l'histoire, on sait que le héros va s'en tirer, qu'il va même se sortir grandi de tant d'épreuves. Un dénouement artificiellement construit pour paraître naturel proclamera une leçon du genre : "C'est bien de penser, mais il faut profiter de la vie." Quoi que nous disions, quoi que nous fassions, il y a toujours une morale qui broute dans le pré de notre personnalité.

« Nous sommes le mercredi 19 juillet, le soleil se décide enfin à quitter sa retraite. J'aimerais pouvoir dire, à la conclusion de cette aventure, comme le personnage de Joker dans *Full Metal Jacket* : "Je suis dans un monde de merde, mais je suis vivant et je n'ai pas peur." »

Antoine reposa son stylo et referma le cahier. Il but une gorgée de thé ; mais le liquide avait refroidi. Il s'étira et fit chauffer de l'eau sur le petit réchaud à gaz de camping posé à même le plancher. Le rouge-gorge tapa avec son bec sur le carreau. Antoine ouvrit la fenêtre et déposa une poignée de graines de tournesol sur le rebord.

Pour moitié, la famille d'Antoine était originaire de Birmanie. Ses grands-parents paternels étaient venus en France dans les années trente pour suivre la trace de Shan, leur illustre ancêtre, qui, il y a huit siècles, avait découvert l'Europe. Shan était une aventurière botaniste ; elle s'intéressait aux arts, aux remèdes, tentait de tracer une cartographie de la région. Entre chaque expédition, elle revenait dans sa ville natale de Pagan, retrouvait sa famille et faisait part de ses découvertes aux siens et aux lettrés. Anawratha, le premier grand souverain birman, eut vent de sa passion pour la recherche et l'aventure, et lui offrit les moyens matériels et financiers de découvrir le vaste monde inconnu. Pendant des mois, Shan et ses équipages voyagèrent par terre, par mer, et se perdirent suffisamment pour trouver le chemin du Nouveau Monde, l'Europe. Traversant la Méditerranée, ils débarquèrent dans le sud de la France et atteignirent Paris. Ils offrirent de la verroterie et des vêtements en mauvaise soie aux indigènes des contrées européennes et conclurent des accords de commerce avec les chefs de ces tribus pâles. De retour dans son pays, Shan reçut un accueil triomphal pour sa découverte ; elle fut célébrée et finit ses jours glorieusement. Parmi les troubles et les violences du XXe siècle, les grands-parents d'Antoine décidèrent de suivre les traces de leur aïeule dans l'espérance d'une égale félicité. Ils s'étaient donc installés en Bretagne au début des années trente ;

11

en 1941, ils créèrent même la célèbre section de résistants FTP Birmanie. Ils s'étaient peu à peu intégrés, avaient appris le breton et, avec plus de difficulté, à aimer les huîtres.

Inspectrice du littoral pour le ministère de l'Environnement, la mère d'Antoine était bretonne ; son père, birman, partageait son temps entre sa passion de cuisinier et son activité de pêcheur sur chalutier. À l'âge de dix-huit ans, Antoine avait quitté ses parents attentionnés et inquiets pour la capitale, avec le désir d'y faire son propre chemin. Enfant, son ambition avait été de devenir Bugs Bunny, puis plus tard, plus mature, il avait voulu être Vasco de Gama. Mais la conseillère d'orientation lui demanda de choisir des études qui figuraient sur les documents du ministère. Son parcours universitaire avait la forme labyrinthique de ses passions, et il s'en découvrait toujours de nouvelles. Antoine n'avait jamais compris la séparation arbitraire des matières : il assistait aux cours qui l'intéressaient dans n'importe quelle discipline et délaissait ceux dont les professeurs n'étaient pas à la hauteur. Et c'est un peu par hasard qu'il validait des diplômes grâce à l'amoncellement de ses unités de valeur et modules.

Il avait peu d'amis, car il souffrait de cette sorte d'asocialité qui vient de trop de tolérance et de compréhension. Ses goûts sans exclusive, disparates, le bannissaient des groupes qui se forment sur des dégoûts. S'il se méfiait de l'anatomie haineuse des foules, c'est surtout sa curiosité et sa passion ignorant les frontières et les clans qui en faisaient un apatride dans son propre pays. Dans un monde où l'opinion publique est enfermée dans la réponse à des sondages entre *oui*, *non* et *sans opinion*, Antoine ne voulait cocher aucune case. Être *pour* ou *contre* était pour lui une insupportable limitation de questions complexes. En plus de cela, il possédait une douce timidité à laquelle il tenait comme à un vestige enfantin. Il lui semblait qu'un être humain était si vaste et si riche qu'il n'y avait pas plus grande vanité en ce monde que d'être trop sûr de soi face aux autres, face à l'inconnu et aux incertitudes que représentait chacun. Un moment, il avait eu peur de perdre sa petite timidité et de rejoindre la troupe de ceux qui vous méprisent si vous ne les dominez pas ; mais, par une volonté acharnée, il sut la conserver comme une oasis de sa personnalité. S'il avait reçu de nombreuses et profondes blessures, cela n'avait en rien durci son caractère ; il gardait intacte son extrême sensibilité qui, comme une phénixienne chair de soie, renaissait plus pure que jamais à chaque fois qu'elle était abîmée et meurtrie. Enfin, si, raisonnablement, il croyait en lui-même, il s'efforçait de ne pas trop se croire, de ne pas trop facilement acquiescer à ce qu'il pensait, car il savait combien les mots de notre esprit aiment à nous rendre service et à nous réconforter en nous dupant.

Avant de prendre la décision qui allait changer son existence de bien des façons, avant donc de devenir stupide, Antoine essaya d'autres chemins, d'autres solutions pour résoudre sa difficulté à participer à la vie.

Voici sa première tentative, que l'on pourrait juger maladroite, mais qui fut pleine d'un espoir sincère.

Antoine n'avait jamais touché une goutte d'alcool. Même quand il se blessait légèrement, quand il s'égratignait, il refusait, en bon abstème, de se désinfecter avec de l'alcool à soixante-dix degrés, préférant la Bétadine ou le Mercurochrome.

À la maison, il n'y avait pas de vin, pas d'apéritifs. Plus tard, il méprisa l'utilisation d'artifices fermentés ou distillés pour pallier un manque d'imagination ou faire disparaître les effets d'une dépression.

Observant combien la pensée des personnes saoules était vague et détachée de tout souci à l'égard de la réalité, combien leurs phrases se satisfaisaient de l'incohérence et, pour couronner le tout, qu'ils avaient l'illusion de débiter de superbes vérités, Antoine décida d'adhérer à cette philosophie prometteuse. L'ivresse lui semblait le moyen de supprimer toute velléité réflexive de son intelligence. Ivre, il n'aurait plus besoin de penser, il ne le pourrait plus : il serait un rhéteur d'approximations lyriques, éloquent et volubile. L'intelligence au sein de l'ivresse n'aurait plus de sens ; ses amarres lâchées, elle pourrait faire naufrage ou être dévorée par des requins sans qu'il s'en soucie. Rires sans cause, exclamations absurdes, en état d'ébriété il aimerait tout le monde, il serait désinhibé. Il danserait, virevolterait ! Oh, bien sûr, il n'oubliait pas la part sombre de l'alcool : la gueule de bois, les vomissements, la cirrhose à l'horizon. Et la dépendance.

Il comptait bien devenir alcoolique. Cela occupe. L'alcool prend toute la place dans les pensées et donne un but dans le désespoir : guérir. Il fréquenterait alors les réunions d'Alcooliques anonymes, raconterait son parcours, serait soutenu et compris par des êtres de son espèce applaudissant son courage et sa volonté de décrocher. Il serait alcoolique, c'est-à-dire quelqu'un qui a une maladie socialement reconnue. On plaint les alcooliques, on les soigne, ils ont une considération médicale, humaine. Alors que personne ne songe à plaindre les gens intelligents : « Il observe les comportements humains, cela doit faire de lui quelqu'un de bien malheureux », « Ma nièce est intelligente, mais c'est quelqu'un de très bien. Elle veut s'en sortir », « À un moment, j'ai eu peur que tu deviennes intelligent. » Voilà le genre de réflexions bienveillantes, pleines de compassion, auxquelles il aurait eu droit si le monde était juste. Mais non, l'intelligence est un double mal : elle fait souffrir et personne ne songe à la considérer comme une maladie.

Être alcoolique serait une promotion sociale en comparaison. Il souffrirait de maux visibles, avec une cause connue et des traitements prévus ; il n'existe pas de cure de désintoxication pour l'intelligence. Autant la pensée conduit à une certaine exclusion, par la distance de l'observateur avec le monde observé, autant être alcoolique serait un moyen de trouver une place. Et être parfaitement intégré dans la société, si ce n'est déjà fait naturellement, cela ne peut être que le vœu d'un alcoolique. Grâce à l'alcool, il n'aurait plus cette retenue vis-à-vis des jeux humains, et pourrait tranquillement s'y couler.

N'ayant aucune connaissance sur le sujet, Antoine ne savait comment s'engager dans sa nouvelle carrière. Fallait-il commencer par enchaîner les cuites, ou, au contraire, avancer pas à pas dans le marécage spiritueux ?

Il n'avait pu s'en empêcher. Sa curiosité vivace le poussa à se précipiter à la bibliothèque municipale de Montreuil, à deux pas de chez lui : il voulait devenir alcoolique intelligemment, de manière constructive et cultivée, connaître les secrets du poison qui le sauverait. Antoine fouilla dans les rayons, sélectionna les livres qui lui semblaient les plus intéressants sous le regard condescendant du bibliothécaire, intimement persuadé d'être intelligent parce qu'il était mal habillé. Il connaissait bien Antoine, cela faisait quatre ans de suite qu'il était désigné « lecteur de l'année ». Malgré les protestations d'Antoine devant cet exhibitionnisme culturel, le bibliothécaire avait affiché une photocopie de sa carte de bibliothèque avec l'inscription en caractères gras : « Lecteur de l'année. » C'était ridicule.

Antoine se présenta au comptoir avec son *Dictionnaire des alcools du monde entier*, *Le Guide historique des alcools*, *Alcools & Vins*, *Les Plus Grands Alcools*, *L'Abécédaire des alcools*… Le bibliothécaire enregistra le prêt et lui demanda :

— Encore ! Vous allez battre votre record de l'année passée, félicitations. Vous faites des recherches historiques sur l'alcool ?

— Non, en fait, je... j'essaye de devenir alcoolique. Mais avant de commencer à boire, je préférerais connaître le sujet.

Le bibliothécaire passa les jours suivants à se demander si cela était une plaisanterie, puis il mourut, mystérieusement étouffé sous un groupe de touristes allemands près de la tour Eiffel.

Après trois journées passées à dévorer ces livres, à prendre des notes et à faire des fiches de lecture, estimant un peu maîtriser le sujet, Antoine rechercha dans ses connaissances un alcoolique qui pourrait lui enseigner cette méthode. Une personne qui aurait l'étoffe d'un professeur en vins et alcools blancs, un Platon de la liqueur, un Einstein du calva, un Newton de la vodka. Le Yoda du whisky. Parmi ses proches, sa famille éloignée, ses collègues et voisins, il trouva et découvrit des psychotiques, des catholiques, un baron, une cruciverbiste, un pétomane, un héroïnomane, des adhérents à des partis politiques... et encore bien d'autres tares. Mais aucun alcoolique.

À cinquante mètres, sur le trottoir en face de son appartement, se trouvait un bistrot nommé *Le Capitaine Éléphant*. C'est à cet endroit qu'il décida de prospecter.

Antoine prit ses livres, ainsi qu'un petit cahier pour noter ses prochaines expériences et toutes les nouvelles connaissances qu'il espérait acquérir. La porte fit vibrer une clochette, mais personne ne se retourna à son entrée. Il regarda les clients, les jaugea pour choisir celui qui serait son professeur. Il n'était que huit heures trente du matin, mais tous buvaient déjà gaillardement. Il n'y avait que des hommes, certains jeunes, la plupart au-dessus de quarante ans ; ils avaient cet âge patiné, imprécis, des alcooliques. Leurs vies blessées n'avaient pu leur donner le goût et la force des passions saines, aussi ils dépensaient leurs petits salaires dans les succédanés de bonheur et de beauté que sont les alcools.

Le bar ressemblait à mille autres bars : comptoir de zinc, bouteilles alignées comme les soldats d'une armée secrète, quelques tables, un vieux juke-box. Et, surtout, ce cocktail d'odeurs de cigarette, de café, d'alcool et de produit nettoyant, qui imprégnait les souvenirs.

Assis au comptoir, un homme, coiffé d'une casquette de gavroche, avait aligné onze verres remplis de liquides différents. Antoine vit en lui un spécialiste. Peu assuré, il posa ses livres sur le comptoir. L'homme ne lui accorda pas un regard et vida le premier verre. Se reportant aux photos de son encyclopédie, Antoine déduisit les différents alcools et les nomma en les désignant du doigt :

— Porto, gin, vin rouge, calva, whisky, cognac, bière blonde, Guinness, bloody mary, celui-là sans doute champagne. Le vin rouge est peut-être du bordeaux et vous venez de boire un pastis.

L'homme à la casquette regarda Antoine d'un air soupçonneux. Puis, voyant l'allure inoffensive de ce jeune homme aux cheveux en bataille, il sourit.

— Pas mal, admit-il. Tu es doué, gamin. Il avala le verre de whisky d'une traite.

— Merci, monsieur.

— Tu es un physionomiste de l'alcool ? C'est un art original, même si j'ai pas la moindre putain d'idée à quoi ça peut bien servir. En général, il y a une étiquette sur la bouteille.

— Non, dit Antoine en remuant la tête et en se détournant discrètement de l'haleine chargée de l'homme. Je lis des livres sur l'alcool pour apprendre les différentes fabrications, les matériaux utilisés… Je veux tout connaître sur l'alcool.

— À quoi ça va te servir ? lâcha l'homme en souriant après avoir vidé le verre de gin.

— Je veux devenir alcoolique.

L'homme ferma les yeux et serra le verre dans sa main ; ses jointures devinrent blanches, le verre crissa. On entendait les bruits de la rue, des voitures, des conversations animées de commerçants. L'homme prit une profonde inspiration et souffla doucement. Il rouvrit les yeux et tendit sa main à Antoine. Il souriait de nouveau.

— Je m'appelle Léonard.

— Enchanté. Euh, je m'appelle Antoine.

Ils se serrèrent la main. Léonard observait Antoine, intrigué et amusé. La poignée de main durait. Antoine finit par se dégager.

— Tu veux devenir alcoolique… murmura Léonard. Il y a vingt ans, j'aurais cru que tu étais une hallucination, mais ça fait un bail que l'alcool ne m'offre plus que la réalité comme mirage. Tu veux devenir alcoolique, et c'est pour ça que tu as tous ces bouquins. C'est logique.

— Ces livres, c'est pour… Je ne veux pas devenir alcoolique n'importe comment. Ça m'intéresse vraiment, toutes les différentes sortes d'alcool, les alcools blancs, les liqueurs, les vins, il y a une telle richesse ! J'ai découvert que l'alcool est lié à l'histoire de l'humanité, et compte plus d'adeptes que le christianisme, le bouddhisme et l'islam réunis. Je suis en train de lire un passionnant essai de Raymond Dumay à ce sujet…

— À trop lire, tu ne deviendras jamais alcoolique, remarqua Léonard avec flegme. C'est une activité qui demande un certain engagement, il faut s'y consacrer plusieurs heures par jour. C'est une discipline, comme qui dirait, olympique. Je ne crois pas que tu aies la capacité pour ça, gamin.

— Écoutez, je ne veux pas paraître immodeste, mais… enfin, je parle araméen, j'ai appris à réparer le moteur d'avions de chasse de la Première Guerre mondiale, à récolter le miel, à changer les couches du chien de ma voisine, et quand j'avais quinze ans j'ai passé un mois de vacances chez mon oncle Joseph et ma tante Miranda. Alors, avec votre aide, je pense être capable de devenir alcoolique. J'ai la volonté.

— Avec mon aide ? s'étonna gentiment Léonard. Il regarda dans sa coupe de champagne – de petites bulles remontaient à la surface – et rigola.

— Oui. Moi, je connais la théorie, mais je n'ai aucune pratique. Vous, vous avez l'air d'un spécialiste.

Antoine indiqua la rangée de verres sur le comptoir. Léonard aspira le cognac et le garda en bouche quelques instants. Ses joues commençaient à rosir. Le patron du bar frotta le comptoir avec un torchon et débarrassa les verres vides. Léonard fronça les sourcils.

— Et qui te dit que tu as les aptitudes pour ça ? Tu crois qu'on devient alcoolique comme ça ? Qu'il suffit de le vouloir et de boire quelques coups ? Je connais des gens qui ont passé leur vie à boire, mais qui n'ont jamais réussi à devenir alcooliques. Ils n'avaient pas de prédispositions pour ça. Alors, toi… toi, tu penses avoir le don ? Tu t'amènes tranquillement, et tu déclares que tu veux devenir alcoolique, comme si ça t'était dû ! Laisse-moi te dire un truc, jeune homme : c'est l'alcool qui choisit, c'est l'alcool qui décide si tu es apte à devenir un poivrot.

Antoine haussa les épaules, désolé : il n'avait jamais eu la prétention de croire que cela serait facile, c'est d'ailleurs pourquoi il était venu chercher un entraîneur dans ce bistrot. Léonard avait réagi avec l'outrance qui caractérise les vieux loups de mer quand un jeune, inexpérimenté et naïf, déclare vouloir partir en mer. Pour avoir traîné son enfance sur de petits ports bretons, c'est un sentiment que connaissait bien Antoine, et qu'il comprenait : les artisans sont fiers et jaloux de leur art.

— Je ne voulais pas donner cette impression, monsieur Léonard. J'avoue mon ignorance, et ne sais si je suis doué pour cela. Je vous demande de m'accepter comme élève. Vous pouvez m'apprendre.

— Je veux bien essayer, mon garçon, répondit Léonard, flatté, mais je ne peux rien te garantir. Si tu n'as pas ce qu'il faut... Tout le monde ne peut pas devenir alcoolique, ça, c'est sûr, il y a une sélection ; c'est triste, mais c'est la vie. Alors m'en veux pas si tu restes sur le quai. Il y a d'autres bateaux à prendre.

— Je comprends.

Léonard hésita entre le bloody mary et le verre de Guinness. Il opta pour la bière. De la mousse s'accrocha aux poils gris de sa barbe, qu'il essuya d'un revers de manche de son épaisse veste bleu marine.

— Bien. Je dois te poser quelques questions. Un genre d'examen préalable.

— Un concours d'entrée ?

— Eh, gamin, tu comprends qu'il y a des conditions à l'exercice de l'alcoolisme, c'est sérieux...

— Il ne faut quand même pas un permis, dit Antoine en souriant et en haussant les épaules.

— Il faudrait, pourtant. Certains ne tiennent pas l'alcool, ils tabassent leur femme et leurs gosses, conduisent n'importe comment et votent... L'État devrait prendre en charge la formation des alcooliques, qu'ils sachent leurs limites, les changements dans leur appréhension du temps et de l'espace, et de leur personnalité... Comme pour la natation, il vaut mieux s'assurer qu'on sait nager avant de sauter dans le grand bain.

— Dans le cas présent, remarqua Antoine, vous allez plutôt vous assurer que je saurai couler.

— Tout juste, gamin. Je veux savoir si tu as les nageoires pour pouvoir couler. Voyons voir... Première question : pourquoi veux-tu devenir alcoolique ? Ça me semble fondamental de connaître ta motivation.

En se massant le front, Antoine réfléchit. Il regarda les autres clients du café et trouva qu'ils allaient parfaitement dans le décor. Ils avaient comme une familiarité, car même s'ils ne se ressemblaient pas, ils étaient tous de la même matière triste.

— « L'alcoolisme a pour cause la laideur, la déroutante stérilité de l'existence telle qu'elle nous est vendue. »

— C'est une citation ? demanda Léonard après avoir bu le bloody mary cul sec.

— Oui, de Malcolm Lowry.

— Une question, gamin : quand tu vas acheter du pain, tu cites du Shakespeare à la boulangère ? « Acheter des croissants au beurre ou des pains au chocolat, là est la question. » Je préférerais que tu parles, toi, pas que tu convoques un foutu grand écrivain. Si tu veux mon avis, c'est trop facile, les citations, parce qu'il y a tellement de grands écrivains qui ont dit tellement de choses qu'on n'aurait même plus besoin d'exprimer une opinion personnelle.

— Alors, disons que je suis pauvre, sans avenir... Et surtout je pense trop, je ne peux pas m'empêcher d'analyser et de tenter de comprendre comment tout ce bazar tient et marche, ça me rend immensément triste de voir que nous ne sommes pas libres et que chaque pensée, chaque acte libre se fait au prix d'une blessure qui ne coagule pas.

— Gamin, t'es un poète : tu veux dire que t'es déprimé...

— C'est mon état naturel, je souffre d'une dépression depuis vingt-cinq ans.

Léonard donna une tape amicale sur l'épaule d'Antoine. Un client entra et s'assit à une table où se déroulait une partie de cartes. Il commanda un café et un verre de calva. Le patron alluma la radio pour écouter les informations de neuf heures.

— Mais, tu sais, l'alcool ne te guérira pas. Il ne faut pas que tu croies ça. Ça apaisera tes blessures, mais cela t'en donnera d'autres, peut-être pires. Tu ne pourras plus te passer de l'alcool, et même si, au début, tu éprouves une euphorie, un bonheur à boire, ça disparaîtra vite pour ne laisser place qu'à la tyrannie de la dépendance et du manque. Ta vie ne sera que brumes, états de semi-conscience, hallucinations, paranoïa, crises de delirium tremens, violence contre ton entourage. Ta personnalité se désagrégera…

— C'est ce que je veux! martela Antoine en frappant le comptoir de son petit poing. Je n'ai plus la force d'être moi, plus le courage, plus l'envie d'avoir quelque chose comme une personnalité. Une personnalité, c'est un luxe qui me coûte trop cher. Je veux être un spectre banal. J'en ai assez de ma liberté de pensée, de toutes mes connaissances, de ma satanée conscience!

Après avoir vidé le verre de porto, Léonard fit une moue. Il resta, songeur, le verre levé, à se regarder dans la glace devant lui en partie cachée par les bouteilles. À mesure qu'il vidait les verres, il s'avachissait un peu plus sur le comptoir, ses yeux rétrécissaient, et, en même temps, ses gestes devenaient moins tremblants, plus amples et fluides. Comme dernière question à l'« examen », Léonard demanda à Antoine de deviner pourquoi il avait aligné sur le comptoir onze verres d'alcools différents.

— Pour ne pas faire de jaloux? répondit instantanément Antoine.

— Pour ne pas faire de jaloux… murmura Léonard en souriant et en tapotant doucement un verre sur le comptoir. Tu peux être plus précis?

— Peut-être qu'ainsi vous rendez hommage, à égalité, à toutes ces sortes d'alcools. Vous n'êtes pas un amateur de bière ou de whisky écossais, rien de si sectaire: vous aimez l'alcool dans toutes ses déclinaisons. Vous êtes un amoureux de l'Alcool avec un grand A.

— Je n'avais jamais pensé à ça comme ça, mais… oui, je suis d'accord. Antoine, Antoine… Tu me sembles avoir les aptitudes, la nature dans sa grande miséricorde t'a peut-être donné le don. Mais je dois te mettre au courant de tous les embêtements auxquels tu auras droit. Tu vomiras souvent, ton estomac sera noué et acide, tu auras des migraines de toutes sortes, ophtalmiques, cérébrales, des douleurs aux cervicales, aux muscles et aux os, tu auras de fréquentes diarrhées, des ulcères, des troubles de la vue, des insomnies, des bouffées de chaleur, des crises d'angoisse. Pour un peu de chaleur et de réconfort, l'alcool t'offrira tout ça, il faut que tu en sois conscient.

Deux nouveaux clients entrèrent. Ils serrèrent la main du patron, saluèrent Léonard. Ils s'assirent à une table au fond du café, allumèrent leur pipe et burent de la bière en se partageant les pages du *Monde*. Antoine regarda Léonard de ses yeux francs ; comme toujours, il était très calme, très sûr de sa décision. Il se passa la main dans les cheveux, les ébouriffa.

— C'est ce que je veux, je veux d'autres tourments, des maux réels, des manifestations physiques d'un comportement précis. La cause de mon mal sera l'alcool ; pas la vérité, l'alcool. Je préfère une maladie qui tient dans les limites d'une bouteille plutôt qu'une maladie immatérielle et toute-puissante sur laquelle je ne peux pas mettre de nom. Je saurai la cause de mes douleurs. L'alcool occupera toutes mes pensées, remplira chacune de mes secondes comme de petits verres…

— J'accepte, dit Léonard après s'être caressé la barbe. Je veux bien être ton professeur d'alcoolisme. Je serai sévère, je te ferai bosser. C'est un apprentissage sur le long terme, presque une ascèse.

— Merci, merci de tout cœur, dit calmement Antoine en serrant la main sèche et râpeuse de l'alcoolique.

Léonard leva la main et claqua des doigts pour appeler le patron qui lisait *Le Parisien* à l'autre bout du comptoir, près de la caisse enregistreuse :

— Roger, une pression pour le gamin ! (Le patron posa la bière devant Antoine.) Merci. Nous allons commencer doucement. C'est de la bière à cinq degrés, ça passera tout seul, il faut habituer ton palais, accoutumer ton foie printanier. On ne devient pas alcoolique en prenant une cuite tous les samedis soir, il faut de la persévérance et de la constance. Boire tout le temps, pas forcément des trucs forts, mais faire ça sérieusement, avec application. La plupart des gens deviennent alcooliques sans méthode, ils boivent du whisky, de la vodka en énorme quantité, se rendent malades, et recommencent à boire. Si tu veux mon avis, Antoine, ce sont des crétins. Des crétins et des amateurs ! On peut très bien devenir alcoolique de manière plus intelligente, par une savante utilisation des doses et du degré d'alcool.

Antoine regardait le grand verre de bière couronné de mousse blanche ; à travers ce prisme, tout était doré. Léonard enleva sa casquette et l'enfonça sur les cheveux d'Antoine.

— Vas-y, bonhomme, il ne faut pas avoir peur, c'est pas là-dedans que tu vas te noyer.

— Il faut que je boive tout d'un coup, demanda Antoine, un peu intimidé, ou alors par petites gorgées ?

— Là, c'est à toi de voir. Si tu aimes le goût, et si tu ne veux pas être saoul trop vite, bois par petites gorgées, déguste ce nectar de houblon. Sinon, si tu trouves ça trop dégueulasse, vide ton verre cul sec.

Après avoir reniflé le liquide et s'être mis de la mousse sur le nez, Antoine commença à boire. Il fit une grimace, mais continua à vider le verre.

Cinq minutes plus tard, une ambulance s'arrêta en dérapant sur le trottoir devant *Le Capitaine Éléphant*. Deux infirmiers munis d'un brancard surgirent dans le bar et emportèrent Antoine en plein coma éthylique. Sur le comptoir, son verre de bière était encore à moitié plein.

À cause d'une sensibilité physiologique extrême, Antoine n'avait pas pu être alcoolique. Il prit comme remède de substitution la résolution de se suicider. Être alcoolique avait été sa dernière ambition d'intégration sociale, se donner la mort était l'ultime moyen qu'il voyait pour participer au monde. Des personnages qu'il admirait avaient eu le courage de choisir le moment de leur mort : Hemingway, sa chère Virginia Woolf, son cher Sénèque, Debord, Caton d'Utique, Sylvia Plath, Démosthène, Cléopâtre, Lafargue…

La vie n'était plus qu'infinie torture. Il n'éprouvait plus de plaisir à voir le jour se lever, tous ses instants étaient acides et gâchaient le goût de ce qui aurait encore pu être agréable. Comme il n'avait jamais vraiment eu l'impression de vivre, il n'avait pas peur de la mort. Il était même heureux de trouver dans la mort la seule preuve tangible qu'il avait été en vie. L'incroyable mauvaise qualité de la nourriture qu'on lui servait depuis qu'il était à l'hôpital acheva de le convaincre de mettre fin à ses jours.

Antoine avait été admis aux urgences de l'hôpital de La Pitié-Salpêtrière, en dépit de la carte plastifiée dans son portefeuille qui indiquait qu'il donnait ses organes en cas de mort cérébrale et qu'il préférait agoniser sur le trottoir plutôt que d'être soigné à La Pitié. S'il ne voulait surtout pas se retrouver dans cet hôpital, c'est qu'il risquait d'y rencontrer son oncle Joseph et sa tante Miranda. Antoine avait bon caractère, mais il ne les supportait pas, personne d'ailleurs ne les supportait. Ce n'est pas qu'ils étaient dangereux, seulement ils n'arrêtaient pas de se plaindre, de crier et de faire des histoires pour la moindre chose. De charmants bouddhistes ont rejoint les rangs d'une milice paramilitaire pour les avoir trop fréquentés. À chacun de leurs voyages à l'étranger, ils créaient des incidents diplomatiques. Ainsi, ils étaient interdits de séjour dans plusieurs pays : en Israël, en Suisse, aux Pays-Bas, au Japon, aux États-Unis. L'IRA, l'ETA, le Hezbollah avaient publié des communiqués affirmant qu'ils exécuteraient le couple s'il remettait les pieds sur leur territoire. Les autorités des pays concernés ne firent ni ne dirent rien qui pouvait laisser penser qu'elles y étaient opposées. Un jour, peut-être, l'armée osera utiliser le potentiel destructeur de ce couple et l'emploiera quand les bombes atomiques se seront révélées trop inefficaces. Oncle Joseph et tante Miranda passaient leur vie à l'hôpital depuis des années ; changeaient de service, d'étage, au gré des opérations, des maladies réelles ou inventées par leur hypocondrie hargneuse. Ils faisaient le tour de tous les services, passaient de l'urologie à l'allergologie, essayaient l'angiologie, la gastro-entérologie, l'oto-rhino-laryngologie, la stomatologie, la dermatologie, la diabétologie... Ils voyageaient ainsi dans les hôpitaux de la capitale comme dans des contrées exotiques, en évitant toujours les deux services qui auraient pu faire quelque chose pour eux, et pour le reste du monde : la psychiatrie et la médecine légale.

Sans succès, Antoine essaya de convaincre des infirmiers de rayer son nom du registre de l'hôpital pour ne pas recevoir la visite de son oncle et de sa tante. Se remettant peu à peu de son coma, il prit la décision de se suicider, assis dans son lit d'hôpital, une cuillère plantée dans un petit pot de compote de pommes grumeleuse et rose.

Ses amis – Ganja, Charlotte, Aslee et Rodolphe – vinrent lui rendre visite. Ganja, un ancien condisciple de la fac de biologie, l'homme le plus détendu au monde, la bonté même, avait l'habitude de réconforter Antoine en lui préparant des tisanes de plantes médicinales extraordinaires qui égayaient leurs soirées. Ils jouaient aux échecs plusieurs fois par semaine en haut de l'observatoire de la Sorbonne et dérivaient dans les rues en bavardant. Antoine n'avait aucune idée de la profession de Ganja, et celui-ci restait très mystérieux à ce sujet, mais il avait pas mal d'argent, aussi c'est souvent lui qui s'emparait des additions. Traductrice dans une maison d'édition, Charlotte était une ancienne voisine d'Antoine. Son grand rêve était d'avoir un enfant, mais étant lesbienne elle n'avait nullement le désir d'y parvenir par des moyens naturels. Aussi, régulièrement, grâce à la complicité de son amie médecin, elle se faisait inséminer. Pour augmenter ses chances, après chaque insémination, Antoine l'accompagnait à la foire du Trône ou à n'importe quelle fête foraine et, pendant des après-midi, ils tournaient dans la grande roue. Ce n'était pas une technique très scientifique, mais Charlotte pensait que la force centrifuge de ces machines pouvait propulser au bon endroit les spermatozoïdes récalcitrants. Rodolphe, un collègue de la fac, était l'indispensable contradicteur. Il avait deux ans de plus qu'Antoine, et était chargé d'un cours en philosophie intitulé « Kant ou le règne de l'absolue pensée ». Pur produit du système éducatif, Rodolphe pouvait espérer obtenir un poste de maître de conférence d'ici deux ans, passer professeur d'université dans sept ans et mourir complètement oublié une soixantaine d'années plus tard en laissant une œuvre qui influencera des générations de termites. Leur point commun, ce qui rapprochait Antoine et Rodolphe, était qu'ils n'étaient jamais d'accord sur rien. Leur dernière dispute portait sur la pensée, Rodolphe affirmant, en bon philosophe, produire des actes de pensée purs par la simple opération de sa volonté toute-puissante et de son parfait libre arbitre. Antoine se moqua de lui, lui rappelant les contingences et les multiples déterminismes pesant sur les êtres humains. Mais Rodolphe ne semblait pas penser qu'un professeur en philosophie fût touché par la même pluie que le commun des mortels. Pour résumer, Antoine était le doute, Rodolphe la certitude, et nous pouvons dire que chacun exagérait son penchant à sa manière. Enfin, Aslee était le meilleur ami d'Antoine, mais nous en reparlerons plus tard.

Lors de leur première visite à l'hôpital, Ganja apporta de la tisane, Charlotte des fleurs, Aslee un palmier nain d'un mètre cinquante en pot et Rodolphe regretta qu'Antoine ne fût pas relié à un respirateur artificiel qu'il aurait pu débrancher.

La sollicitude de ses amis ne changea pas la résolution silencieuse d'Antoine : il avait décidé, pour une fois dans sa vie, d'être égoïste et de ne plus vivre seulement pour ne pas peiner ses amis.

Antoine avait pour voisin de chambre un être humain, c'était certain, mais il n'aurait pu être plus précis. Il ne savait si c'était une femme ou un homme, n'avait même aucune idée de l'âge de cette personne, pour la simple raison qu'elle était enroulée dans des bandages à la mode des momies égyptiennes. Mais cette forme blanche n'abritait pas la dépouille d'un pharaon car elle articula d'une voix féminine, sans le moindre accent de la vallée des Rois :

— Ne vous inquiétez pas, je vais m'en sortir. Encore une fois, je vais m'en sortir.

— Pardon ? demanda Antoine en se redressant sur son lit.

— Vous êtes là pour quoi ?

— Coma éthylique.

— Oh, j'ai déjà essayé, assura la femme sur un ton léger. C'est pas mal. Vous avez bu quoi ? Vodka ? Whisky ?

— Bière.

— Combien de litres ?

— Un demi-verre.

— Un demi-verre ? Dans le genre, vous avez établi un record. C'est un classique, le coma éthylique.

— Ce n'était pas mon but, moi je voulais être alcoolique, mais ça n'a pas marché. Maintenant, le suicide me semble la solution la plus abordable. Là, au moins, j'ai toutes mes chances.

— Détrompez-vous : rien n'est plus difficile que de se supprimer. Il est plus facile d'avoir son bac, le concours d'inspecteur de police ou l'agrégation de lettres que de se suicider. Le taux de réussite est en dessous de huit pour cent.

Antoine s'assit sur le bord de son lit. Le soleil pâle soulevait les lattes du store et imprimait sa lumière sur les murs couleur maladie de la chambre. Les amis d'Antoine étaient passés quelques heures plus tôt, mais jamais personne ne venait prendre des nouvelles de la femme.

— Vous vous êtes suicidée ? demanda Antoine.

— Comme vous pouvez le voir, répondit-elle sur un ton narquois, je me suis ratée.

— Ce n'est pas votre première tentative ?

— Je ne les compte plus, ça me déprimerait. Pourtant, j'ai tout essayé. Mais à chaque fois, quelque chose ou quelqu'un se mettait en travers de ma mort. Quand j'ai essayé de me noyer, un imbécile courageux m'a sauvée. Il est d'ailleurs mort quelques jours plus tard d'une pneumonie. C'est horrible, non ? Quand je me suis pendue, la corde a lâché. Quand je me suis tiré une balle dans la tempe, la balle a traversé mon crâne sans toucher mon cerveau, sans causer aucun dommage sérieux. J'ai avalé deux boîtes de somnifères, mais le laboratoire s'était trompé dans les doses, alors j'ai juste eu droit à une sieste de trois jours. Il y a trois mois, j'ai même engagé un tueur à gages pour me descendre, mais cet imbécile s'est trompé et il a tué ma voisine! Je n'ai vraiment pas de chance. Avant, je voulais me suicider par désespoir, maintenant la principale cause de mon désespoir est que je n'arrive pas à me suicider.

Ressemblant à des émeraudes sur un écrin de lin blanc, seuls ses yeux verts étaient visibles à travers les bandelettes. Antoine y chercha une trace de tristesse, mais n'y trouva que de la contrariété.

— Vous voulez savoir pourquoi je suis dans cet état? demanda-t-elle en tournant les yeux vers Antoine. Ne soyez pas gêné, c'est normal qu'on se demande pourquoi je suis emballée comme ça. Je me suis jetée du troisième étage de la tour Eiffel. Ç'aurait dû être imparable, non? Eh bien, il a fallu que, juste à ce moment-là, un groupe de touristes allemands en short se masse en bas de la tour pour une photo souvenir.

— Vous êtes tombée sur les Allemands?

— Je les ai écrasés, oui. Ils ont amorti ma chute. J'ai même rebondi. Plusieurs fois. Résultat: j'ai à peu près tous les os du corps brisés mais, selon cet imbécile de médecin, je serai sur pied et en pleine forme dans six mois!

Le silence développa ses grandes et fragiles ailes de papillon dans la chambre. Le soleil avait disparu pour laisser place à la pluie et au gris. C'était un mois de juillet qui lisait la partition de mars.

— Vous feriez peut-être mieux d'arrêter de vous suicider, ça va mal finir. Essayez... je ne sais pas... de rencontrer des gens, d'écouter un album des Clash, de tomber amoureuse...

— Vous ne comprenez pas! s'insurgea-t-elle. C'est à cause de l'amour que je veux me tuer, alors si je retombe amoureuse et que ça se passe mal, je vais avoir envie d'être deux fois morte. Et puis, le suicide, c'est ma vocation ; depuis que je suis toute petite, c'est ma passion. Je vais avoir l'air de quoi si je meurs à quatre-vingt-dix ans d'une cause naturelle ?

— Je ne sais pas, madame, je ne sais pas.

— Mais ça n'arrivera pas, je ne subirai pas cette humiliation. Je mange n'importe quoi, plein de trucs frits, des tonnes de viande, je bois trop, je fume deux paquets par jour... Vous croyez que c'est valable, comme façon de se suicider ?

— Oui, l'encouragea Antoine. Ce qui compte, c'est le but dans lequel vous faites tout ça. Mais en même temps, je ne pense pas que, si vous mourez d'un cancer des poumons, ce sera homologué comme suicide dans les statistiques, même si c'était l'objectif visé.

— Ne vous inquiétez pas, je ne me raterai plus.

Alors la femme raconta à Antoine qu'elle avait découvert sur le panneau d'affichage des associations de la mairie du 18e arrondissement, parmi les cours de yoga et de poterie, un cours de suicide. Antoine, qui n'avait aucune expérience dans ce domaine et qui ne voulait pas perdre de précieuses années de mort à tenter de se tuer sans succès, écouta sa voisine de chambre avec attention. Elle lui exposa son projet : dès qu'elle serait rétablie, elle se présenterait à ce cours, et, avec assiduité, apprendrait comment se tuer correctement. Elle dicta à Antoine le numéro de téléphone du cours.

Brusquement, la porte s'ouvrit, et deux diables de Tasmanie surgirent dans un tourbillon d'exclamations et de gestes vifs : oncle Joseph et tante Miranda se précipitèrent sur le pauvre Antoine. Ils lui demandèrent de ses nouvelles, ainsi que de sa famille, mais revinrent bientôt à leurs préoccupations, c'est-à-dire leurs supposés malheurs. Oncle Joseph raconta à Antoine, ainsi qu'à sa voisine de chambre – qui, plus que jamais, devait regretter l'existence des touristes allemands –, qu'il sortait d'une opération de la rate, et était certain que le chirurgien lui avait échangé sa rate avec celle de quelqu'un d'autre. Il insista pour qu'Antoine lui touche le ventre :

— Tu sens la rate, Antoine ? murmura-t-il les dents serrées. Là, tu la sens ? Ce n'est pas ma rate, on ne m'aura pas comme ça, ce n'est pas ma rate !

— Mais enfin, oncle Joseph, pourquoi aurait-on échangé ta rate ?

— Pourquoi ? s'exclama l'oncle. Pourquoi ? Dis-lui, Miranda, moi je ne peux pas. Dis-lui, Miranda !

— Pourquoi ? enchaîna tante Miranda. Le trafic d'organes !

— Pas si fort ! cria oncle Joseph. Pas si fort, ils vont nous entendre, et Dieu sait ce qu'ils vont nous faire. Ils sont capables de tout, de tout. Des gens qui échangent les rates sont capables de tout !

— Nous pensons que c'est un complot, chuchota tante Miranda en prenant le bras d'Antoine, nous avons rassemblé un faisceau d'indices et de présomptions sur un important trafic d'organes au sein de cet hôpital.

— Qu'est-ce qui vous fait croire ça ? demanda Antoine.

— La rate ! s'exclama oncle Joseph. Ma rate ! Ce n'est pas une preuve, ça ? Ils ont pris ma belle rate pour la revendre à prix d'or, et ils m'ont collé une vieille rate rabougrie et molle...

— Nous avons remarqué des signes, affirma tante Miranda, des coups d'œil de la part des infirmiers et des médecins qui en disent long sur la conspiration.

Oncle Joseph et tante Miranda visitaient ainsi chaque chambre pour tâter le ventre des patients. Ils repartirent enfin, comme deux détectives balourds, à la recherche de témoignages et de preuves sur ce trafic.

Heureux de retrouver le calme de sa chambre, Antoine se tourna vers la femme suicidaire. Mais ses yeux étaient fermés. Un médecin entra et, sur un ton de garagiste, annonça à Antoine qu'il pouvait quitter l'hôpital.

Quelques jours passèrent avant qu'Antoine ne se décide à jeter un œil sur le bout de papier où était noté le numéro de téléphone du cours de suicide. Le soleil brillait enfin sur Paris. Les pots d'échappement diffusaient leurs polluants comme les pollens d'une nouvelle ère, ensemençant dans les poumons des Parisiens et des touristes la future flore d'une civilisation malade. L'agonie de la végétation, des arbres et des plantes, si silencieuse et invisible à des yeux qui ne voient que ce qui bouge, devenait la norme de la vie. Les voitures continuaient à inventer l'homme nouveau qui n'aurait plus de jambes pour se promener dans ses rêves goudronnés, mais des roues.

Antoine n'avait pas le téléphone, il se rendit donc à la cabine au coin de la rue. Elle se trouvait face à une boulangerie ; une odeur de brioche effaçait les odeurs moins agréables du quartier. Antoine dut attendre un peu que la cabine se libère.

— SPTPTM, Suicide pour tous et par tous les moyens, bonjour ! annonça une jeune femme à la voix chantante.

— Bonjour, euh, j'ai eu vos coordonnées par une amie, et je serais intéressé par vos cours.

Un clochard s'était collé à la grille d'aération de la boulangerie. Il déballa un morceau de pain rassis enroulé dans une chaussette et le dégusta en aspirant les douces odeurs sucrées des viennoiseries, les mêlant dans sa bouche au pain au goût de carton.

— Dans ce cas, monsieur, je vous conseille de venir directement nous voir. Il n'y a pas de cours cette semaine suite à la merveilleuse pendaison du Pr Edmond, mais, dès lundi, madame la Pr Astanavis assurera les cours. Je vous donne les horaires. Vous avez de quoi noter ?

— Attendez, attendez... Oui, je vous écoute.

— Du lundi au vendredi de dix-huit à vingt heures, 7, place Clichy. Vous n'aurez qu'à sonner à l'interphone, c'est au rez-de-chaussée. C'est indiqué.

Le lundi suivant, Antoine se retrouva face à l'immeuble, place Clichy. Parmi les plaques de médecins, de cours de théâtre, d'une section des Alcooliques anonymes, d'une troupe scout, d'un parti politique, il trouva une plaque de cuivre sur laquelle était gravé : « SPTPTM, association fondée en 1742. » Antoine appuya sur le bouton commandant l'ouverture de la lourde porte de l'immeuble. Suivant la piste des pancartes, après avoir longé un couloir, il pénétra par une double porte dans une longue pièce éclairée par de grandes fenêtres.

Une trentaine de personnes étaient déjà présentes. Certaines, assises, lisaient ou attendaient, la plupart discutaient au sein de petits groupes éparpillés. Un quatuor jouait une œuvre de Schubert. Une grande femme habillée d'un smoking noir semblait être la responsable. Elle accueillit Antoine avec affabilité et se présenta comme la Pr Astanavis. Les participants étaient jeunes, vieux, de toutes conditions sociales, de tous styles. Ils paraissaient détendus ; fouillaient dans leur sac, discutaient, échangeaient des papiers. Ils commencèrent à s'asseoir. La plupart avaient un bloc-notes ou un cahier. Ils attendaient que le cours commence, stylo en main, chuchotant, étouffant des éclats de rire.

La pièce était remplie d'une dizaine de rangées de quinze chaises ; au fond, sur une estrade, se trouvait un pupitre auquel s'installa la Pr Astanavis. Tous les élèves étaient maintenant assis. Les quatre murs de la salle étaient couverts de portraits ou de photos de suicidés célèbres : Gérard de Nerval, Marilyn Monroe, Gilles Deleuze, Stefan Zweig, Mishima, Henri Roorda, Ian Curtis, Romain Gary, Hemingway et Dalida.

Le public bruissait de mots et de rires comme avant le début de n'importe quel cours ou conférence. Antoine s'assit à un des rangs du milieu, entre un homme élégant au visage fermé et deux jeunes femmes souriantes. La professeur toussa dans son poing. Le silence se fit.

— Mesdames, mesdemoiselles, messieurs, avant toute chose, permettez-moi de vous annoncer, même si certains sont déjà au courant, le suicide réussi du Pr Edmond. Il l'a fait !

La Pr Astanavis prit une télécommande et la dirigea vers le mur couvert d'un tableau blanc. L'image d'un homme pendu dans une chambre d'hôtel s'imprima. De plus, il avait les veines des poignets ouvertes, le sang avait formé deux gros cercles rouges sur la moquette beige. Quand la photo avait été prise, le corps devait légèrement se balancer, car son visage était flou. Les spectateurs autour d'Antoine applaudirent et firent, entre eux, des commentaires élogieux sur ce suicide combiné.

— Il l'a fait ! Et comme vous pouvez le voir, pour ne pas rater son coup, par sécurité, au cas où la corde aurait lâché, il s'est ouvert les veines. Je crois que cela mérite encore quelques applaudissements !

Les élèves applaudirent de nouveau, se levèrent, crièrent, sifflèrent. Antoine resta assis, observant, étonné, la manifestation de la liesse célébrant la mort d'un homme.

— Nous avons un nouvel ami ce soir, dit la professeur en désignant Antoine. Je vais lui demander de se présenter.

Tout le monde se tourna vers Antoine. Celui-ci, un peu intimidé à l'idée de prendre la parole en public, se leva sous les regards bienveillants et les encouragements silencieux de l'assistance.

— Je m'appelle Antoine, je... j'ai vingt-cinq ans.

— Bonjour, Antoine ! répondirent en chœur les participants.

— Antoine, intervint la professeur, peux-tu nous dire pourquoi tu es là ?

— Ma vie est un désastre, expliqua Antoine toujours debout, en bougeant nerveusement les mains. Mais ce n'est pas le plus grave. Le vrai problème, c'est que j'en suis conscient…

— Et tu as choisi de te suicider, murmura la professeur en appuyant ses mains sur le pupitre, pour te couler dans le néant apaisant.

— En fait, je suis si peu doué pour vivre que peut-être me réaliserai-je dans la mort. J'ai sans doute plus de capacités à être mort que vivant.

— Je suis certaine, Antoine, approuva la professeur, que tu seras un très grand mort. Et c'est pour cela que je suis ici : pour t'apprendre, pour *vous* apprendre à en finir avec cette vie qui nous donne si peu et nous prend tant. Ma théorie… Ma théorie est qu'il vaut mieux mourir tant que la vie ne nous a pas tout pris. Il faut garder des munitions, de l'énergie pour la mort et ne pas y arriver complètement vide comme ces vieillards aigris et malheureux. Peu m'importe que vous soyez croyants, athées, agnostiques ou diabétiques, ce n'est pas mes oignons. Je pense certaines choses, et je vais vous en parler, mais je ne suis pas là pour vous convaincre de mourir ou de ce que peuvent être la vie et la mort. C'est votre expérience, ce sont vos raisons, vos choix. Notre point commun, c'est que la vie ne nous satisfait pas, et que nous voulons en finir, c'est tout. Je vais vous apprendre comment vous suicider de manière efficace, pour ne pas vous louper, de manière belle, originale. Mon enseignement porte sur la façon de se donner la mort, pas sur les raisons. Nous ne sommes pas une Église ou une secte. À tout moment, vous pourrez pleurer, quitter ce cours, crier : tout ça, vous avez le droit de le faire. Vous pouvez même tomber amoureux de votre voisin et retrouver goût à la vie… Pourquoi pas, ça vous donnera du bon temps, même si on risque de se revoir dans six mois. Si, par malheur, je suis encore là.

Certains des voisins d'Antoine rirent. La professeur parlait calmement, pas comme un tribun politique ou religieux, mais avec l'aisance d'une professeur de littérature devant un amphithéâtre attentif. Les mains dans sa veste de smoking, elle était si sobrement brillante qu'elle n'avait pas besoin d'user d'effets exagérés, scéniques ou rhétoriques, pour artificiellement créer une emphase.

— Il y a une censure contre le suicide. Politique, religieuse, sociale, naturelle même, car dame Nature n'aime pas que l'on prenne de la liberté à son égard, elle veut nous tenir en laisse jusqu'au bout, elle veut décider à notre place. Qui décide de la mort des hommes ? Nous avons délégué cette suprême liberté à la maladie, aux accidents, au crime. On appelle cela le hasard. Mais c'est faux. Ce hasard, c'est la subtile volonté de la société qui peu à peu nous empoisonne par la pollution, nous massacre par des guerres et des accidents... La société décide ainsi de la date de notre mort par la qualité de notre alimentation, la dangerosité de notre environnement quotidien, de nos conditions de travail et de vie. Nous ne choisissons pas de vivre, nous ne choisissons pas notre langue, notre pays, notre époque, nos goûts, nous ne choisissons pas notre vie. La seule liberté, c'est la mort ; être libre, c'est mourir.

La professeur but un peu d'eau. Elle resta les bras appuyés sur le bord du pupitre. Elle regardait attentivement tous les participants dans la salle, hochait la tête, complice, comme si une intimité compréhensive les liait.

— Mais tout ça, ce sont des balivernes. On y vient après, à penser ça, à trouver une certaine noblesse, une sublimation, une légitimation, une transcendance... que sais-je... l'illusion d'un absolu nommé mort ou liberté que l'on voudrait faire coïncider en une égalité parfaite. La vérité... ma vérité – il faut être clair, je parle de moi –, c'est que je suis malade. Un cancer a trouvé que mon corps serait une chouette île paradisiaque, alors il y passe ses vacances, les pieds dans l'océan de mon sang, à se faire bronzer au soleil de mon cœur... Il n'a pas besoin de parasol, il se moque des coups de soleil. Ses congés payés consistent à me faire mourir. Je souffre atrocement... Vous savez tous de quoi je parle. Pour ne pas me tordre de douleur je suis obligée de me faire des piqûres de morphine, de me bourrer d'antalgiques... (De la poche intérieure de sa veste, elle sortit une petite boîte de médicaments et l'agita.) Cela a un prix, le prix de ma conscience. J'ai encore toute ma tête, mais ça risque de ne pas durer, alors je préfère me supprimer encore « moi », plutôt que me faire débrancher par un médecin, allongée sans conscience dans un lit d'hôpital. C'est une petite liberté, une liberté misérable. Si vous êtes ici, c'est que, vous aussi, vous avez sans doute des cancers organiques ou des cancers à l'âme, des tumeurs sentimentales, des leucémies amoureuses et des métastases sociales qui vous rongent. Et c'est ça qui dicte notre choix, bien avant toute grande idée de notre liberté. Soyons francs : si nous étions en bonne santé, si nous étions aimés comme nous le méritons, considérés, avec une belle place au soleil dans la société, je suis certaine que cette salle serait vide.

La professeur finit sa présentation. Toute l'assistance l'applaudit ; les deux voisines d'Antoine se levèrent, impressionnées et émues. La professeur enleva la fleur rouge de sa boutonnière et la mit dans le verre d'eau posé sur son pupitre.

Pendant l'heure et demie qui suivit, la professeur donna son cours. Elle enseigna plusieurs façons de se suicider efficacement. Elle apprit à son auditoire comment faire un vrai nœud coulant, élégant et solide, quels médicaments choisir, comment les doser et les combiner pour mourir agréablement. Elle donna, et prépara, des recettes de cocktails mortels aux belles couleurs, qu'elle assura délicieux. Elle détailla les différentes armes à feu et leurs effets sur les os crâniens et l'anatomie du cerveau, suivant le calibre et la distance de feu ; conseilla, avant d'entreprendre de se tirer une balle dans la tête, de passer une radio du crâne pour déterminer à quel endroit poser le canon pour ne pas se rater. À l'aide de diapositives de schémas descriptifs, elle enseigna à ses élèves attentifs quelles veines du poignet trancher, comment et avec quoi les trancher. Elle déconseilla l'utilisation de moyens approximatifs comme le gaz. Elle raconta le suicide de Mishima, de Caton, d'Empédocle, de Zweig... Tous ces suicides de situation qui offraient leur sens au monde. Enfin, elle termina le cours par un hommage au Pr Edmond, en rappelant qu'il était préférable de concilier deux forces létales pour ne pas se rater : médicaments et pendaison, veines et revolver...

Le cours fini, Antoine quitta la pièce avant que quelqu'un n'essaye de discuter avec lui. Le quatuor s'était remis à jouer. En sortant, il passa devant la petite boutique de l'association, qui proposait, dans un ravissant décor de maison de poupée, de jolies cordes, brochures, livres, armes, poisons, amanites phalloïdes séchées, ainsi que le nécessaire pour accompagner une belle mort : vins, mets fins, musique. Il remonta l'avenue de Clichy jusqu'à la station de métro La Fourche ; la ville flottait dans ses yeux comme s'il était ivre. Maintenant qu'il savait comment se tuer, qu'il avait perdu l'innocence de l'amateur pour posséder le savoir du professionnel, il n'en avait plus envie.

Antoine ne voulait pas vivre, c'était certain, mais il ne voulait pas mourir non plus.

— Je ne sais pas si vous avez remarqué, mais avec les dimensions, la circonférence et le poids d'une baguette, on peut obtenir le nombre d'or. Ce n'est sans doute pas un hasard.

Le boulanger acquiesça et lui donna un pain complet.

Antoine habitait à Montreuil, à la lisière de Paris. Ce qui faisait dire à Aslee qu'il habitait à la rizière de Paris. Aslee était son meilleur ami. Antoine ne l'appelait presque jamais par son prénom complet, mais par l'abréviation, As. Cela amusait beaucoup celui-ci, parce qu'en samoan – et Aslee était samoan –, As veut dire « eau de la montagne ».

As devait mesurer plus de deux mètres, mais il se déplaçait avec la fluidité d'un cétacé dans l'eau. Et il était doué d'un caractère étonnant. Cela remontait à son enfance.

Nestlé a pour habitude de tester les nouveaux produits avant leur mise sur le marché sur un panel de consommateurs. Les parents d'Aslee étant très pauvres, ils l'avaient inscrit à des tests contre des bons d'achat pour de la nourriture. À cette époque, Nestlé voulait lancer une nouvelle variété de petits pots pour bébés avec un complément en vitamines et phosphore. À des doses infinitésimales, le phosphore est bon pour la santé, mais il y avait eu une erreur de dosage à l'usine, un ingénieur confondant microgrammes et kilogrammes. À la suite de cette méprise industrielle, tous les enfants des tests ne moururent pas : les survivants souffrirent de cancers et d'autres graves maladies. Aslee eut la chance relative de n'avoir que des troubles mentaux qui gauchirent son développement cérébral. Il n'avait pas de déficience intellectuelle à proprement parler, seulement, son esprit empruntait des voies particulières, sa raison suivait une logique que personne d'autre ne partageait. Une autre conséquence de ces petits pots pour bébés surdosés en phosphore était qu'Aslee brillait dans le noir. C'était très joli. Quand ils se baladaient dans les rues, la nuit, As, à côté d'Antoine, semblait une immense luciole qui éclairait leur chemin dans les ruelles sans réverbère.

Pour soigner ses maux, As avait passé son enfance dans une institution spécialisée. Pendant de longues années, il était resté muet, aucune rééducation classique ne réussissait à le tirer du silence. Puis, une orthophoniste amatrice de poésie découvrit que le seul moyen pour As de parler était de le faire en vers. Son langage handicapé avait besoin de pieds : les vers étaient des béquilles pour ses mots. Petit à petit, il put revenir à une vie presque normale et quitta l'hôpital à l'âge de seize ans. Depuis, malgré son caractère placide qui le rapprochait plus du gros nounours que du vigile, il occupait des postes de gardien ; sa taille imposante était censée effrayer les éventuels voleurs. Deux autres qualités avaient un certain effet sur les rares cambrioleurs auxquels il fut confronté : d'abord, sa luminosité le faisait ressembler à un spectre, à une apparition surnaturelle ; ensuite, si le voleur ne s'était pas évanoui ou enfui, le fait qu'Aslee parlât en vers achevait de le terroriser. Il était depuis deux ans et demi gardien au Muséum national d'histoire naturelle du Jardin des plantes.

C'est là qu'Antoine l'avait rencontré. As aimait bien se promener dans les étages de la grande galerie de l'Évolution après son service. C'est un endroit étonnant, peuplé de milliers d'animaux empaillés, qui donne au visiteur le sentiment de se promener dans une arche de Noé figée dans le temps. Une atmosphère de mystère se dégage de ce lieu peu éclairé; la pénombre, par contraste avec la lumière braquée sur les animaux, enveloppe les curieux, qui murmurent et chuchotent de peur de réveiller éléphants, fauves et oiseaux. Un matin, Antoine visitait la galerie pour la première fois, se promenait avec un émerveillement et une impatience intacts, admirait les animaux saisis dans des poses étonnantes, lisait les étiquettes et les panneaux décrivant leur vie et leur habitat. En flânant, son esprit vorace se nourrissait de toute cette culture offerte. Une vague forme bizarrement éclairée attira son attention. Il pensa d'abord que cela représentait une sorte d'homme de Neandertal ou un exemplaire rarissime de yeti glabre à qui on aurait mis des vêtements et des chaussures. Antoine baissa les yeux à la recherche d'une étiquette explicative, d'une notice scientifique sur l'origine et l'époque de ce spécimen étrange. Il chercha aux pieds de la créature, mais ne trouva rien. Il releva la tête: la créature lui sourit et lui tendit son énorme main. C'est ainsi qu'ils devinrent amis.

Ils étaient toujours ensemble. As ne parlait pas beaucoup, mais cela convenait à Antoine, qui avait la pensée et la parole agitées. As interrompait ses éternelles interrogations par des alexandrins qui remplissaient de leurs douze pieds de plus grandes étendues de sens que la prolixité d'Antoine. Celui-ci aimait la synthèse et la poésie des paroles d'As, et As, en retour, aimait le foisonnement, la jungle des mots d'Antoine.

Charlotte, Ganja, Rodolphe, As et Antoine se retrouvaient le soir dans le petit bar islandais de la rue Rambuteau, le *Gudmundsdottir*. Ils jouaient aux échecs, discutaient en ingurgitant des boissons et des plats aux noms imprononçables et aux compositions mystérieuses. Ils ne savaient pas ce qu'ils avalaient, si cela était de la viande ou du poisson, quels étaient ces légumes insensés, mais ces saveurs inédites les amusaient. Ce petit bar-restaurant était le rendez-vous des Islandais expatriés, aussi tous les autres clients déglutissaient la même langue étrange. Antoine avait remarqué qu'ici, au moins, il y avait une raison logique de ne pas comprendre ce que disaient les gens. Dans ce lieu improbable, plusieurs soirs par semaine, avec ses amis, il jouait au portrait chinois, à inventer de nouveaux pays et au jeu qu'ils appelaient « le jeu du monde se divise en deux ». C'est un jeu qui consiste à trouver les vraies grandes divisions du monde, celles qui sont réellement pertinentes, car, infailliblement, le monde se divise toujours en deux : ceux qui aiment se promener à vélo et ceux qui roulent vite en voiture ; ceux qui mettent leur chemise en dehors de leur pantalon et ceux qui la mettent dedans ; ceux qui prennent leur thé sans sucre et ceux qui le prennent avec du sucre ; ceux qui pensent que Shakespeare est le plus grand écrivain de tous les temps et ceux qui pensent que c'est André Gide ; ceux qui aiment les *Simpsons* et ceux qui aiment *South Park ;* ceux qui aiment le Nutella et ceux qui aiment les choux de Bruxelles. Avec un réel souci anthropologique, ils composaient ainsi les listes des divisions fondamentales de l'humanité.

Ce fut lors d'une de leurs réunions secrètes, une semaine après sa sortie de l'hôpital, le jeudi 20 juillet, qu'Antoine annonça à ses amis son intention de devenir stupide.

Le restaurant se remplissait. Un Viking miniature sortit de l'horloge accrochée au mur et, avec sa hache, frappa dix coups sur un bouclier. Le bruit des conversations en islandais et de la musique traditionnelle transformait en îlot la table d'Antoine et de ses amis. Les odeurs de cuisine et de bière se mêlaient et formaient comme un brouillard en suspension dans la petite salle du restaurant. Des monstres et des dieux de la mythologie islandaise transformés en lampions rayonnaient au-dessus des clients. Les serveurs débordés slalomaient entre les tables serrées et combles. Dans son sac, Antoine prit le grand cahier dans lequel il avait noté sa profession de foi. Il demanda à ses amis de ne pas l'interrompre, et, d'une voix tendue et émue, commença à lire :

« Il y a des gens à qui les meilleures choses ne réussissent pas. Ils peuvent être habillés d'un costume en cachemire, ils auront l'air de clochards ; être riches et endettés ; être grands et nuls au basket. Je m'en rends compte aujourd'hui, j'appartiens à l'espèce de ceux qui n'arrivent pas à rentabiliser leurs avantages, pour qui ces avantages sont même des inconvénients.

« La vérité sort de la bouche des enfants. À l'école primaire, une insulte infâme était d'être traité d'intello ; plus tard, être un intellectuel devient presque une qualité. Mais c'est un mensonge : l'intelligence est une tare. Comme les vivants savent qu'ils vont mourir, alors que les morts ne savent rien, je pense qu'être intelligent est pire que d'être bête, parce que quelqu'un de bête ne s'en rend pas compte, tandis que quelqu'un d'intelligent, même humble et modeste, le sait forcément.

« Il est écrit dans *L'Ecclésiaste* que "qui accroît sa science, accroît sa douleur" ; mais, n'ayant jamais eu le bonheur d'aller au catéchisme avec les autres enfants, je n'ai pas été prévenu des dangers de l'étude. Les chrétiens ont bien de la chance, si jeunes, d'être mis en garde contre le risque de l'intelligence ; toute leur vie, ils sauront s'en écarter. Heureux les simples d'esprit.

« Ceux qui pensent que l'intelligence a quelque noblesse n'en ont certainement pas assez pour se rendre compte que ce n'est qu'une malédiction. Mon entourage, mes camarades de classe, mes professeurs, tout le monde m'a toujours trouvé intelligent. Je n'ai jamais très bien compris pourquoi et comment ils en arrivaient à ce verdict sur ma personne. J'ai souvent souffert de ce racisme positif, de ceux qui confondent l'apparence de l'intelligence et l'intelligence, et vous condamnent, d'un préjugé faussement favorable, à incarner une figure d'autorité. De même que l'opinion s'extasie sur le jeune homme ou la jeune fille ayant la plus grande beauté, pour l'humiliation silencieuse des autres moins bien dotés par la nature, j'étais la créature intelligente et cultivée. Combien je détestais ces séances où je participais, malgré moi, à blesser, à abaisser des garçons et des filles jugés moins brillants !

« Je n'ai jamais été sportif ; les dernières compétitions importantes qui ont fatigué mes muscles sont les concours de billes à l'école primaire dans la cour de récréation. Mes bras fins, mon souffle court, mes jambes lentes ne me permettaient pas de faire les efforts nécessaires pour taper dans une balle avec efficacité ; je n'avais que la force de fouiller le monde avec mon esprit. Trop chétif pour le sport, il ne me restait que les neurones pour inventer des jeux de balle. L'intelligence était un pis-aller.

« L'intelligence est un raté de l'évolution. Au temps des premiers hommes préhistoriques, j'imagine très bien, au sein d'une petite tribu, tous les gamins courant dans la brousse, pourchassant les lézards, cueillant des baies pour le dîner ; peu à peu, au contact des adultes, apprenant à être des hommes et des femmes parfaits : chasseurs, cueilleurs, pêcheurs, tanneurs… Mais, en regardant plus attentivement la vie de cette tribu, on s'aperçoit que quelques enfants ne participent pas aux activités du groupe : ils restent assis près du feu, à l'abri à l'intérieur de la grotte. Ils ne sauront jamais se défendre contre les tigres à dents de sabre, ni chasser ; livrés à eux-mêmes, ils ne survivraient pas une nuit. S'ils passent leurs journées à ne rien faire, ce n'est pas par fainéantise, non, ils voudraient bien gambader avec leurs camarades, mais ils ne peuvent pas. La nature, en les mettant au monde, a bafouillé. Dans cette tribu, il y a une petite aveugle, un garçon boiteux, un autre maladroit et distrait… Alors, ils restent au campement toute la journée, et comme ils n'ont rien à faire et que les jeux vidéo n'ont pas encore été inventés, ils sont bien obligés de réfléchir et de laisser vagabonder leurs pensées. Et ils passent leur temps à penser, à essayer de décrypter le monde, à imaginer des histoires et des inventions. C'est comme ça qu'est née la civilisation : parce que des gosses imparfaits n'avaient rien d'autre à faire. Si la nature n'estropiait personne, si le moule était à chaque fois sans faille, l'humanité serait restée une espèce de proto-hominidés, heureuse, sans aucune pensée de progrès, vivant très bien sans Prozac, sans capotes ni lecteur de DVD dolby digital.

« Être curieux, vouloir comprendre la nature et les hommes, découvrir les arts, devrait être la tendance de tout esprit. Mais, si cela était, avec l'organisation actuelle du travail, le monde s'arrêterait de tourner, simplement parce que cela prend du temps et développe l'esprit critique. Plus personne ne travaillerait. C'est pourquoi les hommes ont des goûts et des dégoûts, des choses qui les intéressent et d'autres pas ; parce que, sinon, il n'y aurait pas de société. Ceux qui s'intéressent à trop de choses, qui s'intéressent même aux sujets qui ne les intéressaient pas a priori – et qui veulent comprendre les raisons de leur désintérêt – en payent le prix par une certaine solitude. Pour échapper à cet ostracisme, il est nécessaire de se doter d'une intelligence qui a une fonction, qui sert une science ou une cause, un métier ; tout simplement, une intelligence qui sert à quelque chose. Mon intelligence présumée, trop indépendante, ne sert à rien, c'est-à-dire qu'elle ne peut pas être récupérée pour être employée par l'université, une entreprise, un journal ou un cabinet d'avocats.

« J'ai la malédiction de la raison ; je suis pauvre, célibataire, déprimé. Cela fait des mois que je réfléchis sur ma maladie de trop réfléchir, et j'ai établi avec certitude la corrélation entre mon malheur et l'incontinence de ma raison. Penser, essayer de comprendre ne m'a jamais rien apporté mais a toujours joué contre moi. Réfléchir n'est pas une opération naturelle, ça blesse, comme si cela révélait des tessons de bouteille et des barbelés mêlés à l'air. Je n'arrive pas à arrêter mon cerveau, à ralentir sa cadence. Je me sens comme une locomotive, une vieille locomotive qui fonce sur les rails, et qui ne pourra jamais s'arrêter, car le carburant qui lui donne sa puissance vertigineuse, son charbon, est le monde. Tout ce que je vois, sens, entends, s'engouffre dans le four de mon esprit, l'emballe et le fait tourner à plein régime. Essayer de comprendre est un suicide social, cela veut dire ne plus goûter à la vie sans se sentir, malgré soi, à la fois comme un oiseau de proie et un charognard qui dépèce ses objets d'étude. Ce qu'on cherche à comprendre, souvent, on le tue, car, comme chez l'apprenti médecin, il n'y a pas de véritable connaissance sans dissection : on découvre les veines et la circulation du sang, l'organisation du squelette, les nerfs, le fonctionnement intime du corps. Et, une nuit d'épouvante, on se retrouve dans une crypte humide et sombre, un scalpel à la main, barbouillé de sang, souffrant de nausées constantes, avec un cadavre froid et informe sur une table de métal. Après, on peut toujours essayer d'être un Pr Frankenstein, et rapiécer tout ça pour en faire un être vivant, mais le risque est de fabriquer un monstre meurtrier. J'ai trop vécu dans les morgues ; aujourd'hui, je sens approcher le danger du cynisme, de l'aigreur et de l'infinie tristesse ; rapidement, on devient doué pour le malheur. Il n'est pas possible de vivre en étant trop conscient, trop pensant. D'ailleurs, observons la nature : tout ce qui vit vieux et heureux n'est pas très intelligent. Les tortues vivent des siècles, l'eau est immortelle et Milton Friedman est toujours vivant. Dans la nature, la conscience est l'exception ; on peut même postuler qu'elle est un accident car elle ne garantit aucune supériorité, aucune longévité particulière. Dans le cadre de l'évolution des espèces, elle n'est pas le signe d'une meilleure adaptation. Ce sont les insectes qui, en âge, en nombre et en territoire occupé, sont les véritables maîtres de la planète. L'organisation sociale des fourmis, par exemple, est bien plus performante que ne le sera jamais la nôtre, et aucune fourmi n'a de chaire à la Sorbonne.

« Tout le monde a des choses à dire sur *les femmes, les hommes, les flics, les assassins.* Nous généralisons à partir de notre propre expérience, de ce qui nous arrange, de ce que l'on peut comprendre avec les maigres moyens de nos réseaux neuronaux et suivant la perspective de notre vision. C'est une facilité qui permet de penser rapidement, de juger et de se positionner. Cela n'a pas de valeur en soi, ce sont des signaux, des petits drapeaux que chacun agite. Et tout le monde défend la vérité de ses avantages, de son sexe, de sa fortune.

« Dans un débat, les généralités offrent l'avantage de la simplicité et de la fluidité des raisonnements, de leur compréhension facile et donc d'un plus grand impact sur les auditeurs. Pour traduire cela en langage mathématique, les discussions à base de généralités sont des additions, des opérations simples, qui, par leur évidence, font croire à leur pertinence. Tandis qu'une discussion sérieuse donnerait plutôt l'idée d'une suite d'inéquations à plusieurs inconnues, d'intégrales et de jonglages avec des nombres complexes.

« Une personne sage dans une discussion aura toujours l'impression de simplifier, et son seul désir serait de faire des ratures, de coller des astérisques à certains mots, de mettre des notes en bas de page et des commentaires en fin de volume pour exprimer vraiment sa pensée. Mais, dans une conversation au coin d'un couloir, à un dîner animé ou dans les pages d'un journal, ce n'est guère possible : il n'est pas question de rigueur, d'objectivité, d'impartialité, d'honnêteté. La vertu est un handicap rhétorique, elle n'est pas efficace dans un débat. Certains brillants esprits, voyant la vacuité nécessaire de toute discussion, ont choisi d'être espiègles et de suggérer la complexité par le paradoxe et un humour distancié. Pourquoi pas, après tout c'est un moyen de survivre.

« Les hommes simplifient le monde par le langage et la pensée, ainsi ils ont des certitudes ; et avoir des certitudes est la plus puissante volupté en ce monde, bien plus puissante que l'argent, le sexe et le pouvoir réunis. Le renoncement à une véritable intelligence est le prix à payer pour avoir des certitudes, et c'est toujours une dépense invisible à la banque de notre conscience. À ce compte, je préfère encore ceux qui ne se couvrent pas du manteau de la raison et affirment la fiction de leur croyance. Ainsi un croyant acceptant que sa foi ne soit que croyance et non pas préemption sur la vérité des choses réelles.

« Il y a un proverbe chinois qui dit, à peu près, qu'un poisson ne sait jamais quand il pisse. Cela s'applique parfaitement aux intellectuels. L'intellectuel est persuadé d'être intelligent, parce qu'il se sert de son cerveau. Le maçon se sert de ses mains, mais il a aussi un cerveau qui peut lui dire "Eh! ce mur n'est pas droit et, en plus, tu as oublié de mettre du ciment entre les parpaings". Il y a un va-et-vient entre son travail et sa raison. L'intellectuel travaillant avec sa raison ne possède pas ce va-et-vient, ses mains ne s'animent pas pour lui dire "Eh, bonhomme, tu te goures! La Terre est ronde". Il manque à l'intellectuel ce décalage, alors il se croit capable d'avoir un avis éclairé sur tous les sujets. L'intellectuel est comme un pianiste qui, parce qu'il utilise ses mains avec virtuosité, pense avoir les aptitudes pour être, naturellement, joueur de poker, boxeur, neurochirurgien et peintre.

« Les intellectuels ne sont évidemment pas les seuls concernés par l'intelligence. En général, quand quelqu'un commence en disant : "Ce n'est pas pour être démagogique, mais…", c'est effectivement pour être démagogique. Alors, je ne sais pas trop comment dire ce qui pourrait être interprété comme de la condescendance. Je suis persuadé que l'intelligence est une vertu partagée par l'ensemble de la population, sans distinction sociale : il y a le même pourcentage de gens intelligents chez les profs d'histoire et les marins-pêcheurs bretons, chez les écrivains et les dactylos… Cela vient de mon expérience, à force de côtoyer des *brain-builders,* des penseurs et des professeurs, des intellectuels bêtes, et, en même temps, des gens normaux, intelligents sans certificat d'intelligence, sans l'aura institutionnelle. Je ne peux pas dire autre chose. C'est d'autant plus contestable qu'une étude scientifique est impossible. Trouver quelqu'un intelligent, sensé, n'est pas fonction du diplôme ; il n'y a pas de test de QI pour dévoiler ce qu'on pourrait appeler le bon sens. Je repense à ce que disait Michael Herr, scénariste de *Full Metal Jacket,* dans le superbe livre de Michel Ciment sur Kubrick: "La stupidité des gens ne vient pas de leur manque d'intelligence, mais de leur absence de courage."

« Une chose que l'on peut admettre, c'est que fréquenter de grandes œuvres, se servir de son esprit, lire les ouvrages de génies, si cela ne rend pas intelligent à coup sûr, cela rend le risque plus probable. Bien sûr, il y a des gens qui auront lu Freud, Platon, qui sauront jongler avec les quarks et faire la différence entre un faucon pèlerin et une crécerelle, et qui seront des imbéciles. Néanmoins, potentiellement, en étant au contact avec une multitude de stimulations et en laissant son esprit fréquenter une atmosphère enrichissante, l'intelligence trouve un terrain favorable à son développement, exactement de la même façon qu'une maladie. Car l'intelligence est une maladie. »

Enfin, Antoine lut la conclusion. Il ferma son cahier et regarda ses amis avec l'air d'un savant qui aurait fait la démonstration implacable d'un des grands mystères de la science devant une assemblée de distingués collègues ébahis.

Ganja éclata d'un rire qui survécut toute la soirée ; un Islandais, assis à la table de derrière, lui tendit son paquet de cigarettes : il semblait que le rire chevrotant de Ganja signifiait en islandais quelque chose comme « Auriez-vous des cigarettes ? ». Ainsi, à chaque fois qu'il riait, un aimable Islandais lui proposait une cigarette. Rodolphe fit remarquer qu'Antoine n'aurait pas à se forcer beaucoup pour être stupide ; Charlotte lui prit la main affectueusement ; As le regarda avec ses grands yeux étonnés.

Avec une simplicité touchante, Antoine expliqua qu'il ne pouvait s'empêcher de penser, d'essayer de comprendre, et que cela le rendait malheureux. Si, encore, l'étude lui donnait la joie du chercheur d'or... Mais l'or qu'il trouvait avait la couleur et le poids du plomb. Son esprit ne lui laissait aucun répit, l'empêchait de dormir par ses interrogations incessantes, le réveillait en pleine nuit par ses doutes et ses indignations. Antoine raconta à ses amis que, depuis longtemps, il n'avait plus ni rêves ni cauchemars tant ses idées remplissaient l'espace de son sommeil. À trop penser, la conscience toujours tumescente, Antoine vivait mal. Il voulait maintenant être un peu inconscient, beaucoup ignorant des causes, des vérités, de la réalité... Il en avait assez de cette acuité d'observation qui lui donnait une image cynique des rapports humains. Il voulait vivre, pas savoir la réalité de la vie, juste vivre.

Il rappela à ses amis troublés sa tentative de devenir alcoolique et son projet de suicide avorté. La stupidité était sa dernière chance d'être sauvé. Il ne savait pas encore comment procéder, mais promit de consacrer toute sa volonté à devenir stupide. Il espérait mettre un peu d'eau dans son vin sans alcool, s'assouplir, se débarrasser de ces étranges préjugés que l'on nomme vérités. Antoine ne désirait pas être un parfait imbécile, mais délayer son intelligence dans l'alliage de la vie, se laisser aller à ne pas toujours tout analyser, à ne pas tout décortiquer. Son esprit avait toujours été un aigle à l'œil précis, aux serres et au bec tranchants. Aujourd'hui, il voulait lui apprendre à être une grue majestueuse, à planer et à se laisser porter par les vents, à profiter de la chaleur du soleil et de la beauté du paysage.

Il ne s'agissait pas de renoncer à la raison gratuitement : le but était de participer à la vie en société. Il essayait de toujours chercher le moteur de raisons qui anime chaque être, il savait combien le libre arbitre avait peu de place dans le choix des opinions. Une part de son malheur venait du fait qu'il vivait sous le règne de la tragédie énoncée par Jean Renoir, à savoir que « le malheur en ce monde, c'est que tout le monde a ses raisons ». Comme un sacerdoce, il appliquait la formule de Spinoza : « Ne pas déplorer, ne pas rire, ne pas détester, mais comprendre », cherchait toujours à ne pas juger, même ce qui voulait le blesser et le soumettre. Antoine était le genre d'âme qui pourrait fabriquer un appareil dentaire pour requin et serait capable d'essayer de l'installer dans sa gueule. Pourtant, s'il essayait de comprendre, ce n'était pas de cette manière religieuse qui consiste à tout pardonner avec condescendance. Exagérément peut-être, il voyait sous le vernis de la liberté et du choix la nécessité et la mécanique d'une machine se nourrissant des âmes humaines. En même temps, car il essayait d'être aussi objectif sur lui-même que sur les autres, il constatait qu'en essayant de tout comprendre, il avait appris à ne pas vivre, à ne pas aimer, et qu'on pouvait interpréter son extrémiste probité intellectuelle comme une peur de s'engager dans la vie et d'y occuper une place définie. Il en était conscient et cela participa à sa décision.

— Mais, ajouta-t-il, la vérité, comme Janus, a deux faces, et jusqu'à présent je n'ai vécu que sur sa face sombre. Je vais me promener sur sa face lumineuse. Oublier de comprendre, me passionner pour le quotidien, croire en la politique, acheter des beaux vêtements, suivre les événements sportifs, rêver du dernier modèle de voiture, regarder les informations télévisées, oser détester des trucs... J'ai ignoré cela, m'intéressant à tout, ne me passionnant pour rien. Je ne dis pas que c'est bien ou mal, seulement, je vais essayer, et communier, oui, communier dans ce grand esprit que l'on nomme «opinion publique». Je veux être avec les autres, pas les comprendre, mais être comme eux, parmi eux, partager les mêmes choses...

— Tu veux dire, prononça lentement Ganja en mâchant des graines médicinales, tu veux dire que tu as été stupide d'essayer d'être si intelligent, que c'était à côté de la plaque, et que devenir un peu stupide, c'est ça qui serait intelligent...

— Nous, dit Charlotte, on t'aime bien comme ça, tu es un peu compliqué, mais... tu es quelqu'un de super. Si j'étais hétéro...

— Et moi, Charlotte, répondit Antoine, si j'étais danoise, je te demanderais en mariage. Écoutez. Une certaine asocialité me semble toujours la chose la plus normale au monde, c'est même une bonne chose d'avoir des problèmes avec la société. Je ne veux pas être totalement intégré, mais je ne veux pas non plus être désintégré.

— Faut que tu trouves l'équilibre, dit Ganja.

— Oui, continua Charlotte, ou un déséquilibre équilibré.

Le serveur leur apporta des bols d'une soupe épaisse et verdâtre, et des verres remplis d'un liquide trouble à la surface desquels remontaient de petites baies rouges. Les cinq amis se penchèrent avec circonspection sur leur nourriture. Le serveur fit sortir une pelote de consonnes de sa gorge qui devait signifier quelque chose comme « Bon appétit ». Sous la forme d'un haïku, As demanda alors à Antoine s'il n'y avait pas un danger qu'il se perde complètement et qu'on le retrouve un jour animateur à la télé. Antoine répondit que c'était une aventure, et que les grandes aventures humaines ne sont pas sans dangers : Magellan, Cook, Giordano Bruno en sont des exemples. Jusqu'à présent, il avait vécu dans l'œil du cyclone, qui est un endroit calme et solitaire entouré par la plus infernale tempête. Il voulait quitter ce nid maudit, traverser ce rideau de tourbillons destructeurs pour rejoindre le monde séculier.

Inquiets et malheureux pour Antoine, ses amis le réconfortèrent, lui firent promettre de ne pas faire de bêtises et réussirent à le convaincre d'aller demander conseil à son médecin et confident, Edgar.

Le cabinet du Dr Edgar Vaporski se trouvait au troisième étage d'un bel immeuble du 20e arrondissement, rue des Pyrénées, tout près de la place Gambetta. Antoine le consultait depuis qu'il avait deux ans et n'avait jamais eu d'autre médecin que lui.

C'était un pédiatre, mais personne ne connaissait Antoine comme lui. Comme cela faisait vingt-trois ans qu'ils se fréquentaient, ils avaient une certaine intimité : ils s'appelaient par leur prénom et, de temps en temps, sortaient ensemble, car ils partageaient une même passion pour le Brady, un vieux cinéma du boulevard de Strasbourg.

À partir de l'âge de vingt ans, cela avait commencé à être très gênant d'être le seul adulte non accompagné d'un enfant à patienter dans la salle d'attente. Les parents regardaient Antoine discrètement par-dessus leurs magazines, les bambins le fixaient. Il avait beau s'asseoir près de femmes seules, la révélation de sa non-possession d'enfant finissait par éclater. Voilà pourquoi à chaque fois il empruntait le petit-fils de sa voisine, ou n'importe quel autre gamin disponible. Ce jour-là, il avait traîné la petite Coralie, fille du concierge de son immeuble, qui ne montrait pas un grand enthousiasme à lui fournir un alibi.

Edgar ouvrit la porte de la salle d'attente, un masque de chirurgien sur le visage. Il fit entrer Antoine et Coralie dans son cabinet. La pièce ressemblait à n'importe quel cabinet de médecin, avec ses diplômes accrochés aux murs beiges, sa bibliothèque de gros volumes superbement reliés avec le cuir d'une vache qui avait dû brouter de l'or. Comme si la plaque de cuivre à l'entrée ne suffisait pas, le cabinet diffusait une compétence certifiée ; les couleurs et le mobilier inspiraient le sérieux. Quiconque y pénétrait était assailli par cette atmosphère de solennité, sentait le règne de la toute-puissante médecine et n'avait d'autre choix que de s'y soumettre. Bien souvent, aller chez le médecin force naturellement à l'abandon de toute souveraineté sur soi : on ne s'appartient plus vraiment, on fait don de son corps et de ses dysfonctionnements aux sorciers de la science des maladies. Une telle similitude entre ces colifichets qui habillent tout cabinet médical et ceux qui composent le mystère d'un cabinet de voyante ou de marabout est étonnante. Un esprit critique et espiègle pourrait rapprocher ces deux mises en scène : rien que dans l'odeur de produits médicaux et l'odeur d'encens, on trouve une même intention, une même influence sur la psychologie du client. Mais le cabinet d'Edgar échappait un peu à cela, car des dessins d'enfants étaient affichés aux murs, des gribouillis, des jouets et de la pâte à modeler jalonnaient le sol et le bureau. Un Power Ranger rouge posé sur son bloc d'ordonnances désamorçait la puissance symbolique de sa nature de médecin.

La fenêtre était ouverte, une légère odeur de gaz lacrymogène flottait dans la pièce. Cela expliquait le masque d'Edgar. Celui-ci l'enleva, l'air étant de nouveau respirable. Antoine lui fit remarquer l'odeur, tandis que Coralie grimaçait et se bouchait le nez.

— Un gamin de dix ans un peu trop turbulent, il a essayé de voler mes ordonnances.

— Tu lui as balancé de la lacrymo pour ça ? s'indigna Antoine.

— Il avait un nunchaku, répondit Edgar en levant les mains au ciel. Un nunchaku, Antoine !

— Mon Dieu, ça t'arrive souvent ?

— Non, heureusement. Bonjour, Coralie, dit Edgar après s'être installé derrière son bureau. C'est pour toi ou pour Antoine?

— C'est pour lui, répondit Coralie sur un ton de reproche. À son âge, je suis encore obligée de l'accompagner chez le médecin!

— Je te paye, Coralie, dit Antoine. Et plutôt bien.

— Deux pains au chocolat et *Première*… Je devrais revoir mes tarifs à la hausse. Après tout, l'inflation doit aussi toucher les rapports humains.

— Coralie, est-ce que ta mère te laisse lire les pages financières des journaux? C'est incroyable.

— Il faut t'habituer, c'est la nouvelle génération. Alors, Antoine, que se passe-t-il?

De son sac, après avoir fouillé dans un fatras de livres, de journaux et de papiers divers, Antoine sortit une photocopie d'un schéma représentant le cerveau humain en coupe, et la posa sur le bureau. Il prit le Mont Blanc d'Edgar et pointa des zones du cerveau.

— Les fonctions cognitives supérieures sont assurées par le cortex du néo-cérébrum, nous sommes d'accord?

— Oui… Qu'est-ce que tu as encore inventé? Où tu veux en venir? Tu t'es décidé à être neurochirurgien?

— Les lobes frontaux, ici, continua Antoine en entourant les zones concernées, assurent la communication entre les structures du moi et les fonctions cognitives…

— C'est très bien, Antoine. Je suis médecin, tu ne m'apprends rien. On sait tout ça.

— Bon, dit Antoine toujours sur son schéma, je me disais que tu pourrais m'enlever une partie du cortex, ou bien, si tu préfères, supprimer un lobe frontal, comme ça…

Edgar regarda Antoine en train de griffonner les parties de son cerveau à enlever, perplexe. Il fronça les sourcils en dévisageant son ami et patient. Coralie lisait son magazine de cinéma sur le canapé au fond du cabinet.

— De quoi tu parles, bon Dieu ? dit Edgar en se levant de sa chaise brusquement. Je ne te suis pas. Tu as perdu les pédales, tu es devenu complètement stupide, ou quoi ?

— J'aimerais bien, répondit Antoine très sérieusement, c'est le but de tout ça. Je...

— Tu veux que je pratique sur toi une lobotomie ? l'interrompit Edgar, terrifié.

— En fait, je crois qu'une demi-lobotomie serait suffisante : je veux encore être capable de gratter une allumette et d'ouvrir mon frigo, évitons de refaire *Vol au-dessus d'un nid de coucou*... Enfin, c'est toi le médecin, fais ce que tu penses le mieux.

— La meilleure chose serait de t'enfermer dans un asile. Qu'est-ce qui t'arrive ?

— Non, non, ce n'est pas ce que tu crois... C'est parfaitement sain d'esprit, en pleine possession de mes moyens que je te demande ça. Je te ferai une décharge. J'y ai beaucoup réfléchi. Je prends cette décision en mon âme et conscience. Ce n'était pas mon premier choix, je te le dis tout de suite, avant j'ai voulu devenir alcoolique et me suicider, mais ça n'a pas marché.

— Tu as voulu te suicider ?

— Une catastrophe. N'en parlons pas.

Edgar fit le tour du bureau et s'assit à côté d'Antoine. Il lui mit une main sur l'épaule, plein de sollicitude pour son patient le plus familier, le plus proche, son ami.

— Tu déprimes ? Il y a quelque chose qui ne va pas ? demanda-t-il, inquiet.

— Rien ne va, Edgar. Mais ne t'en fais pas, je suis en train de chercher une solution. La meilleure me semble de devenir stupide...

— Quoi ?

— Tu peux me rendre service ? Décris-moi. Si tu devais parler de moi à quelqu'un, qu'est-ce que tu dirais ?

— Je ne sais pas... Que tu es brillant, intelligent, cultivé, curieux dans les deux sens du terme, sympathique, drôle, un peu trop dispersé et indécis, inquiet...

À mesure que le pédiatre égrainait les qualificatifs caractérisant son ami, le visage d'Antoine s'assombrissait comme si cela était la liste des graves maladies dont il souffrait.

— C'est exagérément flatteur, enfin cela devrait l'être, mais ma vie est un enfer. Je connais des tas de gens idiots, inconscients, confits de certitudes et de préjugés, des imbéciles parfaits, et qui sont heureux ! Moi, je vais avoir un ulcère, j'ai déjà quelques cheveux blancs... Je ne veux plus vivre comme ça, je ne peux plus. Après une étude minutieuse de mon cas, j'en ai déduit que mon inadaptation sociale vient de mon intelligence sulfurique. Elle ne me laisse jamais tranquille, je ne la dompte pas, elle me transforme en un manoir hanté, sombre, dangereux, inquiétant, possédé par mon esprit tourmenté. Je me hante moi-même.

— Même si ton intelligence est la cause de ton problème, je ne peux pas faire ce que tu me demandes. En tant que médecin, je ne peux pas, c'est contraire à toute éthique. En tant qu'ami, je ne veux pas.

— Je n'en peux plus de penser, Ed, tu dois m'aider. Mon cerveau court le marathon toute la journée, toute la nuit, il ne s'arrête pas de tourner comme dans une roue à hamster.

— Je suis désolé, je ne peux pas. Je ne te comprends pas : tu es fantastique, original, tu ne te rends pas compte de ta chance. Il faudra que tu apprennes à vivre en étant toi. Pour quelque temps, le temps que tu te remettes, que tu reprennes le dessus, nous allons trouver une solution de dépannage pour améliorer ta vie.

— Améliorer ma vie serait d'être stupide.

— C'est stupide.

— Je suis donc sur la bonne voie. On ne pourrait pas enlever une partie de mes neurones ? Il y a les banques d'organes, les banques du sang, les banques du sperme, ça doit bien exister, les banques de neurones, non ? Comme ça, ceux qui ont trop de neurones peuvent en donner à tous ceux qui en ont une carence. En plus, ce serait un geste humanitaire.

— Non, ça n'existe pas, Antoine. Je suis désolé.

— Alors qu'est-ce que je peux faire, Ed ? Qu'est-ce que je vais devenir ? Pourquoi est-ce que je suis différent ? Je veux la banalité de la vie, je veux être conforme. Juste une fourmi parmi les fourmis.

Tout en parlant, Antoine griffonnait sur le schéma du cerveau en coupe ; il dessina des fourmis tout autour du dessin, et une grosse fourmi censée lui ressembler.

— Tu te rappelles le livre que tu m'avais offert pour mon dixième anniversaire ?

— *Monsieur Badaboum ?*

— Oui, *Monsieur Badaboum*. Dans ses aventures, il ne lui arrive que des malheurs : quand il sort, il pleut, il se cogne la tête partout, oublie le gâteau dans le four, perd toutes ses affaires, loupe toujours son bus... Pourquoi ? Parce que c'est Monsieur Badaboum ! Edgar, j'ai le sentiment que je suis en train de devenir Monsieur Badaboum... Monsieur Badaboum, c'est moi !

Des larmes coulèrent sur les joues d'Antoine. Edgar le serra dans ses bras et lui donna de petites tapes sur l'épaule, ce qui eut pour conséquence de le plonger dans une longue crise de toux. D'un tiroir, Edgar sortit du sirop ; il en donna deux cuillerées à Antoine, puis lui proposa un Twix. Antoine croqua dans la barre chocolatée avec voracité, les yeux maintenant secs, retrouvant peu à peu son calme.

— Tu as pensé aller voir un psy ?

— Je suis allé voir un psy, dit avec impuissance Antoine en levant les mains.

— Et ?

— Selon lui, tout ça est parfaitement normal : je n'ai pas de pathologie psychique, pas de... Tu sais ce qu'il m'a dit ? « Profitez de la vie, jeune homme, détendez-vous. Arrêtez de vous prendre la tête. » Quelle école de psychanalyse a-t-il fréquentée pour dire ça ? L'École de la cause tomjonesienne ?

— Bon. Ce que je peux te proposer, dit le médecin, c'est de te donner de l'Heurozac. Je suis contre ce genre de médicaments en général, mais tes tentatives de suicide et d'alcoolisme, ton état, me conduisent à envisager ce moyen. Mais ça ne résout rien, ça ne soigne pas.

— Je veux juste moins penser, Ed.

— L'Heurozac a une action tranquillisante et antidépressive. C'est tout à fait ce qu'il te faut. Ce n'est pas sans risques, c'est pourquoi tu devras venir me voir tous les mois pour que je renouvelle, ou non, ton traitement.

— Pas sans risques ? Comment ça ?

— Les petits effets secondaires habituels des médicaments : assèchement des muqueuses, vertiges possibles, fatigue... Et, surtout, une très agréable dépendance. Tu devras impérativement lire le mode d'emploi et te conformer à la posologie.

— Avec ça, demanda Antoine, plein d'espoir, je vais moins penser ?

— Tu seras presque un zombie, je te le garantis. La vie te semblera plus simple, plus belle. Ce qui sera faux, bien entendu, mais tu n'en seras pas conscient. Il faut que tu saches que ce ne peut être que temporaire.

— C'est très bien, assura Antoine, finalement, tu as raison, il ne vaut mieux pas quelque chose de définitif. Je me suis laissé un peu emporter. Je vois ça comme une bouée, tu sais, ça va m'aider pendant quelque temps, ensuite je pourrai me débrouiller par moi-même.

Ils discutèrent encore quelques minutes, de leurs familles respectives, de leurs amis, de cinéma. Antoine avait souvent des questions à poser à Edgar, des questions qu'il estimait de sa compétence médicale : pourquoi les boissons gazeuses font-elles roter, pourquoi les ongles poussent, pourquoi éternue-t-on, pourquoi hoquette-t-on, pourquoi, quand on fait crisser une craie sur un tableau ou une fourchette sur une assiette, cela est désagréable. La prescription notée et l'ordonnance remplie, Edgar et Antoine se serrèrent la main chaleureusement. Comme d'habitude, Antoine voulut payer la consultation, comme d'habitude, Edgar refusa. Coralie et Antoine quittèrent le cabinet.

Son studio se trouvait au huitième étage d'un vieil immeuble de Montreuil. Au collège et au lycée, Antoine avait subi l'humiliation institutionnalisée – avec d'autres camarades mal taillés pour la pratique des activités physiques – d'être toujours choisi parmi les derniers dans la constitution des équipes de football et de volley. Il avait dû supporter les remontrances et les railleries de camarades pour qui les cours d'éducation physique n'avaient rien à voir avec l'apprentissage, mais plutôt avec la compétition. Aussi Antoine n'avait-il pas développé de goût pour le sport. Mais cela l'embêtait d'obéir à cette expérience négative et de ne pas faire d'exercice, alors il avait décidé de louer un studio à un étage élevé, ce qui devait l'obliger à se servir de ses hypothétiques muscles. En pratique, cela se révéla vite trop épuisant. Son voisin du septième était un champion de catch, très gentil, du nom de Vlad. Comme il devait tout le temps s'entraîner, soulever des haltères, faire de la musculation, il proposa à Antoine de le porter jusque chez lui. Ainsi, Antoine essayait d'arriver à la même heure que lui en bas de l'escalier, pour que Vlad le porte sur son épaule jusqu'au septième étage. Selon Vlad, Antoine ne pesait pas plus qu'une serviette de toilette, alors tant qu'il n'essayait pas de s'essuyer avec après sa douche… Vlad mesurait un mètre quatre-vingts et devait bien peser cent vingt kilos; il était si fort qu'une fois il avait oublié Antoine sur son épaule, était rentré chez lui et avait commencé à préparer son dîner.

Ce n'était pas un studio très chic, il était même assez délabré : les radiateurs, l'isolation, la plomberie, l'électricité, rien ne fonctionnait correctement. Et pourtant, il était bien au-dessus des moyens d'Antoine. Au début, il pouvait payer le loyer grâce à l'aide au logement pour les étudiants et à son travail de traduction de *La Recherche du temps perdu* en araméen. Mais depuis que le projet avait été abandonné, à la suite de l'étonnante faillite de l'éditeur, ses finances étaient au plus bas. Devant l'agonie de son portefeuille, il avait imaginé un hôpital financier où l'on pourrait mettre sous perfusion les comptes en banque anémiés. Antoine en avait parlé à son banquier, mais celui-ci semblait considérer la banque comme une clinique privée.

À la recherche d'un classement de l'humanité, Antoine avait établi un barème universel déterminant le degré de richesse à partir de l'étalon chaussette. Première catégorie, les plus pauvres, ceux qui n'ont pas de chaussettes ; deuxième catégorie, les moyennement pauvres, ceux qui ont des trous à leurs chaussettes ; troisième catégorie, les plus riches, ceux qui ont des chaussettes sans trou. Antoine appartenait à la deuxième catégorie. Ses revenus étaient principalement constitués de ses vacations de chargé de cours à Paris V, ce qui faisait, selon les mois, de mille à deux mille francs. À cela s'ajoutait l'argent du RMI, qu'il touchait tout à fait illégalement grâce à une confusion sur son prénom : sur les documents de l'université, il était Antoine Arakan, alors que pour les Assedic il était inscrit sous son prénom birman, qu'il n'avait jamais utilisé dans la vie de tous les jours, Sawlu. En plus de cela, il effectuait de temps en temps de petits travaux au noir. Ainsi, dernièrement, il avait doublé les cris d'une famille de girafes dans un documentaire animalier dont les bandes audio avaient été perdues. De Bretagne, ses parents lui envoyaient un peu d'argent et des colis de nourriture. C'était un étonnant et délicieux mélange de spécialités asiatiques et bretonnes. Chaque mois, une lourde glacière lui parvenait, contenant des nems au poisson et aux palourdes, des rouleaux de printemps à la salicorne, des raviolis à la coquille Saint-Jacques, des galettes de farine de sarrasin au nuoc-mâm, flambées, fourrées au riz sauté... Son ami Ganja l'aidait aussi, et l'aurait aidé davantage si Antoine ne refusait d'être entretenu.

Antoine vivait tous les mois avec une somme inférieure au Smic. Malgré cela, il restait dans son studio. Comment ? Il ne payait plus de loyer. Pourquoi ? Parce que le propriétaire, M. Brallaire, avait la maladie d'Alzheimer.

Antoine n'était pas tout à fait certain que c'était vraiment la maladie d'Alzheimer. En tout cas, M. Brallaire ne se souvenait de rien. Début septembre, Antoine devait l'accompagner à l'hôpital pour des examens complémentaires. M. Brallaire n'avait pas de famille, alors Antoine prenait soin de lui. C'est par hasard qu'il s'était rendu compte de son amnésie. Antoine ne pouvait lui donner l'argent du loyer tous les mois, aussi il longeait les murs, essayait d'être le plus discret possible. Un jour, pourtant, M. Brallaire l'attrapa. Antoine s'attendait à ce qu'il lui ordonne de plier bagage. Les yeux vides, il le fixa en le tenant par le bras et murmura :

— Vous habitez ici ?

— Oui, monsieur. Au huitième. Je tiens à m'excuser, ce mois-ci, j'ai des difficultés... j'ai oublié...

— Vous avez oublié quelque chose ? lui demanda-t-il, avec une attention naïve et étonnée.

D'habitude, M. Brallaire exigeait le paiement du loyer le premier du mois ; à sept heures du matin précises, l'enveloppe devait être glissée sous sa porte. Il suffisait qu'Antoine ait seulement quelques heures de retard pour que M. Brallaire tambourine chez lui et le menace des huissiers.

— Euh, non, répondit Antoine, en sueur. J'ai oublié de vous dire bonjour. Bonjour...

— Bonjour, murmura-t-il. Vous habitez l'immeuble ?

— Oui, monsieur. Au huitième.

Là se présenta un délicat cas de conscience. Antoine pouvait laisser courir sa maladie et ainsi continuer à vivre dans son studio. Ou il pouvait s'occuper de ce propriétaire jadis acariâtre, jamais aimable et sans pitié. Sa bonté naturelle l'emporta. Antoine pensa tristement qu'il devrait muscler son égoïsme et son amoralité pour survivre dans ce monde.

Il l'emmena chez le médecin. Celui-ci réserva son diagnostic : il faudrait du temps et des batteries d'examens pour déterminer avec certitude la maladie de M. Brallaire.

— Et a-t-il des chances de guérir ?

— C'est difficile à dire, répondit le médecin. Sa mémoire est en lambeaux. Vous devez veiller sur lui. Il a toute sa tête, mais est incapable de garder trace du passé récent.

Antoine s'en occupait comme d'un vieil oncle. Il le ramenait à son appartement quand il s'égarait dans les couloirs ; lui avait fait une carte avec son adresse qu'il avait glissée dans son portefeuille, au cas où il se perdrait en ville. Il faisait ses courses, récoltait l'argent des autres locataires et le mettait sur le compte en banque du vieil homme. M. Brallaire avait encore des périodes de lucidité pendant lesquelles il se rappelait certaines choses, en particulier qu'Antoine ne payait plus son loyer ; mais ça ne durait pas. Antoine avait lu un article dans *Le Monde* sur les progrès des recherches médicales concernant les maladies dégénératives du cerveau : Parkinson, Alzheimer... Il était à la fois heureux pour M. Brallaire et angoissé à l'idée que ce progrès scientifique allait peut-être conduire à son expulsion. Les savants ne se rendent pas compte des conséquences autres que médicales de leurs découvertes. Si on arrivait enfin à guérir la maladie de son propriétaire, Antoine ne pourrait compter sur sa gratitude : dans ses livres de comptes, le vieillard s'apercevrait de tous les loyers impayés, mais n'aurait aucun souvenir de l'aide fournie par Antoine.

Le lendemain de sa consultation au cabinet d'Edgar, le jeudi 25 juillet, Antoine commença la prise du médicament qui devait lui assurer une protection contre son propre esprit, l'Heurozac. La posologie était d'un comprimé par jour. Antoine prit l'initiative de la doubler. Il souhaitait un effet sensible et rapide, pas un baume pour une action de surface. L'effet se ferait sentir au bout de quelques jours, juste le temps nécessaire à Antoine pour préparer sa nouvelle vie avec toute l'ingénuité dont était capable sa volonté.

Première étape. Il envoya une lettre de démission à l'université Paris V René-Descartes. Depuis deux ans, il donnait un cours hebdomadaire d'une heure et demie sur *L'Apocoloquintose du divin Claude* (c'est-à-dire « métamorphose en citrouille »), une pièce satirique de Sénèque. De plus, il assurait de temps en temps des remplacements dans les matières où il avait quelques connaissances solides : la biologie, les lépidoptères, la rhétorique araméenne, le cinéma. Ses connaissances spécialisées étaient suffisantes sur bien des sujets pour remplacer au pied levé un professeur malade, mais restaient trop partielles pour lui donner la véritable maîtrise d'une matière universitaire et l'espérance d'un poste.

Deuxième étape. Il se débarrassa de tout ce qui pouvait risquer de stimuler son esprit. Il mit ses livres dans des cartons, les centaines de romans, d'ouvrages théoriques, de dictionnaires et d'encyclopédies, ses disques, des kilos de cours, de connaissances, de revues scientifiques, historiques, littéraires... Il décrocha des murs de sa pièce unique les affiches de cinéma, les portraits de ses héros et les reproductions de peintures de Rembrandt, Schiele, Edward Hopper et Miyazaki. As, Charlotte, Vlad et Ganja l'aidèrent à transporter ses cartons chez Rodolphe, qui se fit une joie de récupérer, temporairement avait dit Antoine, ces trésors culturels.

Troisième étape. Son studio vide, Antoine se demanda comment il avait pu entreposer autant dans un si petit espace. Il s'agissait maintenant de le remplir avec des choses inoffensives qui laisseraient son esprit en paix. Après des visites intéressées chez quelques voisins dont il estimait les défenses immunitaires contre l'intelligence excellentes, il nota ce qui constituerait un décor parfait pour sa nouvelle vie. Un couple de voisins composé d'un professeur, Alain, et d'une journaliste, Isabelle, lui semblait le cas édifiant d'une vie entière consacrée au renoncement à l'intelligence. Il les observait depuis longtemps et, au fond de son cœur, les admirait : ils étaient si pleinement dans la vie, possédaient si complètement toutes les nuances d'une bêtise chatoyante, d'une stupidité pure, pleine d'innocence, heureuse et accomplie, une stupidité agréable pour eux et leur entourage, pas le moins du monde méchante ou dangereuse. Alain et Isabelle, avec un sérieux concerné, d'un ridicule absolument charmant, le conseillèrent pour remplir son studio. Il récupéra une vieille télévision qu'il plaça au centre de la pièce comme le symbole régnant de sa résolution. Il scotcha sur les murs des affiches du *Roi Lion*, de voitures de sport et de jeunes femmes pulpeuses, des photos d'actrices et d'acteurs qui prenaient l'air concerné de génies universels, des photos de personnalités intellectuelles immortelles comme Alain Minc et Alain Finkielkraut. Au début, cela le choqua, il se sentit mal dans cet environnement stérile. Il se rassura en se disant que grâce à la chimie de l'Heurozac, bientôt tout lui semblerait formidable. Alain et Isabelle lui conseillèrent des disques inoffensifs pour sa quiétude synaptique, de la musique contemporaine à base de coups de marteaux électroniques sur des pianos compressés, des albums de folklore international.

Il lui parut enfin que son studio avait la plus parfaite innocuité pour son cerveau en voie de flaccidité. Antoine savait pourtant que même si le monde extérieur suivait la même tendance, il ne pouvait espérer éradiquer complètement les maigres dangers culturels et intellectuels de la société.

Antoine réunit Charlotte, Ganja, As et Rodolphe dans son nouveau décor pour un goûter islandais. La table était couverte de délices nordiques : thé au beurre, loukoums au pingouin, beignets de graisse de phoque aux herbes confites... Antoine réaffirma sa décision d'être stupide, au moins pour un temps, pour essayer de diluer sa conscience trop concentrée. Considérant ce projet comme un moindre mal, ses amis lui accordèrent leur soutien à regret. Antoine les invita à ne pas le provoquer par des conversations sur de grands sujets, mais à bavarder de choses et d'autres, du temps qu'il fait, de ces choses anodines et futiles qu'il avait négligées jusqu'à présent.

— J'imagine donc, lui dit Ganja, que nos parties d'échecs sont du passé ?

— Pour l'instant, oui. Mais je te propose de les remplacer par des parties d'un autre jeu que mes voisins m'ont fait découvrir. Cela s'appelle le Monopoly. Le but de ce jeu est simple : il faut gagner de l'argent, être habile, se conduire en bon capitaliste imbécile. C'est fascinant. Une vertu de ce jeu est qu'il devrait m'apprendre, et peut-être même me convertir, par son côté ludique, à la morale libérale. J'adhérerai à ce qu'aujourd'hui je condamne, comme un simple jeu, sans me soucier des conséquences et des loyers trop élevés qui mettent tant de familles à la rue. Je deviendrai un grippe-sou, égoïste, sans autre souci que l'argent, sans autre tourment et grande question existentielle que la façon d'en gagner le plus possible.

— Tu risques de devenir un vrai connard, alors, remarqua Charlotte.

— Être un vrai connard, c'est un bon remède à ma maladie. J'ai besoin d'un traitement radical : être un connard, ce sera la chimiothérapie de mon intelligence. C'est un risque que je prends sans hésiter. Mais si, dans six mois, vous voyez que je m'épanouis un peu trop en tant que... sale con, intervenez. Mon but n'est pas de devenir stupide et cupide, mais d'en laisser circuler des molécules dans mon organisme, pour purger mon esprit trop douloureux. Mais n'intervenez pas avant six mois.

En un magnifique sonnet, As dit à Antoine qu'il risquait de perdre sa personnalité, d'être contaminé par ces poisons qu'il laissera pénétrer en lui.

— C'est aussi un risque. D'autant qu'être stupide apporte beaucoup plus de plaisir que de vivre sous le joug de l'intelligence. On y est plus heureux, c'est certain. Je ne devrai pas garder le sens de la bêtise, mais les éléments bénéfiques qui y nagent comme des oligo-éléments : le bonheur, une certaine distance, une capacité à ne pas souffrir de mon empathie, une légèreté de vie, d'esprit. De l'insouciance !

— Je comprends, intervint Rodolphe. J'appelle ça la théorie du requin. Comme le curare ou les amanites phalloïdes, le requin est mortellement dangereux, et, pourtant, on trouve dans ses tissus des composants chimiques qui serviront à fabriquer des médicaments pour soigner des cancers, sauver des vies. Finalement, en devenant stupide, tu pourrais, pour une fois, faire preuve d'une étonnante intelligence. Vous me trouvez perfide ?

— C'est aussi le principe du vaccin, continua Charlotte. Tu vas peut-être réussir à te soigner et à t'immuniser.

— Si je n'en meurs pas, dit Antoine en se passant la main sur la nuque et en souriant, vaguement inquiet.

— Ou si tu ne deviens pas irrémédiablement stupide, dit Charlotte. Ce qui serait pire que la mort.

Dans sa naïveté désespérée, Antoine envisageait la stupidité comme l'univers infini qui offrirait à sa vie un espace débarrassé de toute résistance à l'atmosphère : il flotterait parmi les étoiles et les planètes selon l'ellipse de son espèce.

Le grand problème pour Antoine fut de découvrir les mines merveilleuses qui, au milieu des roches et du minerai, abriteraient les diamants de stupidité. Pointer du doigt quelques imbéciles, la bêtise générale et ambiante, cela serait facile, mais c'est la plupart du temps le camouflage d'un jugement de valeur. Si on disait que le foot, les jeux télévisés, les médias sont stupides intrinsèquement, cela serait simple. Mais, pour Antoine, il était clair que la stupidité était plus dans la manière de faire les choses ou de les considérer que dans les choses elles-mêmes. En même temps, avoir des préjugés était stupide, aussi Antoine trouva que c'était un bon commencement pour sa nouvelle vie.

L'Heurozac commençait à agir. Antoine était plus détendu, les doutes et l'angoisse l'avaient quitté. L'alchimie qui se déroulait dans son cerveau et son système nerveux transformait le plomb de la réalité en une lumineuse poudre dorée et colorée.

Avant, il était empêché de vivre par toutes les questions, tous les principes qui s'enchevêtraient dans son esprit. Par exemple, il vérifiait la provenance de tous les vêtements qu'il achetait pour ne pas participer à l'exploitation des enfants dans les usines asiatiques de Nike et des autres multinationales. Comme la publicité était une atteinte à la liberté, un coup d'État sur le consommateur, son imaginaire et son inconscient, il avait constitué un cahier avec le nom de toutes les marques et de tous les produits qui participaient à cette guerre psychologique, et les écartait de son cabas. De même, il tenait un registre de toutes les entreprises qui investissaient dans des activités moralement condamnables, polluantes, dans des pays non démocratiques, ou qui licenciaient quand leurs bénéfices grimpaient. Il n'achetait pas non plus de nourriture chimique, pas d'aliments contenant des conservateurs, des colorants, des antioxydants et, quand ses moyens financiers le lui permettaient, il préférait acheter des produits issus de l'agriculture biologique. Ce n'est pas tant qu'il était écologiste, pacifiste, internationaliste, simplement il faisait ce que sa conscience trouvait juste ; son comportement dans la vie était le fruit d'idées morales, plus que de convictions politiques. En cela, Antoine avait certains traits d'un martyr de la société de consommation. Il voyait d'ailleurs très bien combien son attitude intransigeante se rapprochait de la mortification chrétienne. Cela l'embarrassait, car il était athée, mais il ne pouvait se conduire autrement qu'en cette espèce de Christ laïc et apostat. Essayant de ne rien se cacher de lui-même, Antoine s'était dit que peut-être ce rigorisme douloureux, voire doloriste, était sa façon d'exprimer sa culpabilité de mâle-occidental-exploiteur-du-tiersmonde. Comme tout clerc abstinent, il avait des principes un peu rigides : il refusait de tomber dans le piège des nouvelles technologies qui forcent les consommateurs à se rééquiper périodiquement en matériel à la dernière mode. Ainsi, il rejetait les disques laser et se satisfaisait, avec raison, de l'excellente technique des 33-tours et de son vieux tourne-disque.

Avoir une attitude de consommateur responsable et humaniste, malheureusement, avait un coût. Antoine payait tout plus cher. Le résultat de sa morale et de son sens aigu des responsabilités était qu'il avait peu de vêtements et qu'il avait souvent faim. Mais il ne se plaignait jamais.

Sous le soleil chimique de l'Heurozac, Antoine découvrit le monde. Il le vit comme il ne l'avait jamais vu. Avant, les paysages, l'air, les rues, les gens, toute la réalité était affectée par la violence des guerres, par le chômage, les maladies, le malheur quotidien de la plupart des êtres humains. Il ne pouvait admirer le soleil sans penser à ceux, en Afrique, pour qui cette majesté flamboyante était synonyme de récoltes brûlées, de famine. Il ne pouvait apprécier la pluie, car il savait les morts et les destructions qu'apportait la mousson en Asie. Le flot des voitures dessinait dans son esprit sensitif les images des milliers de morts et de blessés sur les routes. Les titres des journaux avec leurs litanies de catastrophes, de meurtres et d'injustices, c'était cela qui donnait la couleur de son ciel, la température de sa journée, la qualité de l'air qu'il respirait.

Depuis qu'il prenait ses petites pilules rouges, une salvatrice étanchéité était née entre le monde et ses conséquences profondes.

Ce n'est pas qu'il se moquait du sort des espèces en danger, qu'il n'était plus touché par la misère du monde, les attentats, les guerres, les inégalités sociales, dont lui-même était victime, mais il était devenu réaliste. Il trouvait désolantes la pauvreté, les violences en tout genre, c'était vraiment terrible, mais… bah! que pouvait-il y faire? Il n'avait pas les moyens de changer quelque chose, individuellement. Une sincère sympathie avait remplacé sa douloureuse empathie.

Antoine se promenait, appréciait la simple joie de marcher et de voir, éprouvait le vibrant plaisir qu'il y a à constater que notre cœur bat et que l'on respire. Il humait l'air du matin dans le parc de Montreuil, les yeux grands fermés sur la réalité du monde, admirait les rouges-gorges sans que lui vienne à l'esprit la vertigineuse chute de leur longévité à cause de la pollution. Il profitait du spectacle des jeunes filles en tenue d'été sans se demander si elles avaient des livres dans leur sac, prenait le monde au premier degré, comme il s'offrait, sans chercher plus loin, profitant de ses plaisirs gratuits.

Pour avoir la conduite d'un individu normal dans la société, Antoine invita ses voisins à dîner, à regarder des matchs de n'importe quel sport pendant lesquels il s'enthousiasma pour des hommes d'affaires en short. Lui qui doutait trop, s'essaya à porter des jugements partiaux et à mépriser les préférences des autres. Il était en train de doucement s'installer dans la normalité quand il décida de passer le test suprême qui prouverait la réussite de son intégration : le McDonald's. Jamais, avant, l'idée ne lui serait venue de pénétrer dans cet antre du capitalisme impérialiste, pourvoyeur de graisses, de sucres, symbole de l'uniformisation des modes de vie. Mais il avait bien changé.

Il choisit le McDonald's de Montreuil, à quelques minutes de chez lui. Pendant la précédente ère de son existence – il y a une éternité de quatre mois –, Antoine s'était dit que s'il n'avait pas été opposé à toute violence, il aurait aimé y poser une bombe. Mais, s'était-il aussitôt objecté, des étudiants et des employés exploités y travaillaient, il serait injuste de les blesser et de les mettre au chômage.

Le bâtiment était large et haut, coloré, des affiches invitaient à prendre la vie avec légèreté et pour une somme modique. Un gros M. jaune trônait sur le mur du fast-food. Un sympathique clown en plastique l'accueillit devant la porte d'entrée, la main levée, le sourire spontané. Antoine entra et salua d'un signe de tête les deux vigiles sans doute présents pour protéger les clients des attaques des puissants gangs de voleurs de frites. Il arriva au comptoir :

— Bonjour ! dit-il à la jeune femme en face de lui.

— Vous voulez quoi ?

Antoine était charmé par cette économie relationnelle : il n'était plus nécessaire de lancer une formule de politesse mécanique. Il s'en abstiendrait donc. C'était plus franc, plus honnête finalement. Il regarda les menus.

— Un menu Best of McDeluxe, déchiffra-t-il sur le panneau lumineux, alléché par la promesse de manger pour trente-deux francs un aliment contenant le mot « luxe » dans sa dénomination.

— Boisson ?

— Oui, bien sûr. C'est parfait.

— Quelle boisson voulez-vous ? demanda la jeune femme, un peu excédée.

— Du Coca, oui, essayons du Coca.

Pour obéir aux us et coutumes de cette nouvelle réalité, il eut le réflexe de s'abstenir de tout remerciement. Il s'installa à une table beige et commença à manger ses frites en vidant son tiers de litre de liquide brun et pétillant. D'un œil curieux, il observa une frite, la trempa dans un mélange de ketchup, moutarde et mayonnaise, et la croqua. Il y a quelques jours, Antoine n'aurait pu s'empêcher de penser, simplement en mangeant une frite, à l'histoire sanglante de la pomme de terre, aux sacrifices humains que la civilisation aztèque fit en son nom. Que ce simple tubercule ait tant de morts sur la conscience l'aurait sans doute empêché de l'apprécier complètement. Malhabile, il planta ses dents dans son sandwich ; une partie de la garniture visqueuse tomba sur son plateau. Il dut reconnaître qu'il aimait ça. Ce n'était certes pas très bon pour la santé, les emballages ne devaient pas être biodégradables, mais c'était simple, peu cher, très calorique et à la saveur rassurante. Le goût lui donnait l'impression de trouver une famille sans frontières, de rejoindre les millions de personnes croquant au même instant dans un sandwich identique. Comme une chorégraphie internationale, il exécutait les mêmes gestes d'achat, de transport de plateau, d'aspiration de Coca et d'ingestion de frites et de sandwich que d'autres danseurs-consommateurs dans des temples exactement semblables. Il sentit un certain plaisir, une confiance, une force nouvelle à être comme les autres, avec les autres.

Antoine ne s'était jamais préoccupé de son apparence. Il avait des vêtements solides qui avaient le temps de s'user, mais n'avait ni les moyens ni le goût pour acheter des habits neufs ; son magasin fétiche était le fripier Guerrisold du boulevard de Rochechouart. Quant à sa « coiffure », elle consistait en un simple coup de tondeuse donné par Ganja tous les deux mois.

Il demanda à un coiffeur de lui faire une coupe. Dans un magasin de vêtements, il copia les choix d'un jeune homme qui se comportait comme s'il avait un goût sûr, sans se préoccuper de savoir si les vêtements qu'il choisissait étaient fabriqués par des enfants. Il acheta une paire de Nike, un jean Levi's et un sweat-shirt Adidas. Ce serait sa tenue de détente. Il commit ensuite une visite aux Galeries Lafayette, délit inimaginable quelque temps auparavant. Il pénétra dans cette basse-cour bourgeoise, parfumée du musc de la supériorité sociale. Sur les conseils d'un vendeur qui mettait des patins à chacun de ses mots, il acheta un pantalon de toile, une chemise et une veste, dans un style élégant « mais néanmoins très très cooool, je vous assure... ».

Pour terminer sa journée, il s'offrit une partie de jeux vidéo dans une salle spécialisée. Oh, il ne choisit pas un de ces jeux intellectuels où il s'agit de trouver des objets, de résoudre des énigmes, non, il joua à tuer des monstres venus de l'espace intersidéral. Cela le défoula, il élimina la tension d'une journée qu'il espéra typique. Il éprouva même du plaisir à exterminer ces *aliens* ; engagé dans le combat, il était impliqué comme si le devenir de l'humanité dépendait vraiment de l'agilité de son poignet et de la précision de ses doigts. Il était enfin un héros.

Charlotte lui téléphona. Elle s'était de nouveau fait inséminer et voulait qu'il l'accompagne à une fête foraine. Ils parlèrent de tout comme si cela n'était rien, de l'été qui avait démarré si tard cette année, de ce gouvernement si inefficace, de la vie si belle. À un moment, elle essaya de lui parler de son engagement dans l'équipe qui s'était donné pour charge de traduire toute l'œuvre de Christopher Marlowe. Au bout de deux tours de grand huit dans ce bonheur ensoleillé, Antoine vomit en plein ciel. Les deux pilules rouges, pas encore digérées, tombèrent au milieu d'une mare de frites et de ketchup. Il se rinça la bouche et avala deux nouvelles pilules. Ils se quittèrent vaguement.

À un kiosque, en observant les couvertures des revues pour jeunes femmes, les magazines d'informations légères pour hommes, les publicités pour parfums et produits de beauté masculins, les acteurs sex-symbols, Antoine se rendit compte qu'il ne correspondait pas à l'image de l'homme idéal. Un numéro de *Elle* contenait une enquête sur les caractéristiques de ce qui, chez l'homme, faisait fantasmer la femme, et, c'est un peu déçu qu'il constata qu'il n'en avait aucune. Il y a quelque temps, il s'en serait moqué, remarquant que cela était le pendant naturel des fantasmes masculins, et que ses qualités étaient plus profondes. Mais, sous le règne des pilules rouges, il se sentit diminué de ne pas susciter un désir immédiat. Pour ressembler à la conformité des rêves sur papier glacé, il s'inscrivit dans une grande salle de musculation, lumineuse et moderne, avec des plantes exotiques pendues au plafond. Il espérait ainsi prendre la forme des désirs de l'époque et accéder à l'existence sexuelle.

Une heure par jour, il souleva des poids avec ses jambes, ses bras, ses épaules, enchaîna des séries de mouvements répétitifs. Épuisé, Antoine s'oubliait dans l'effort ; la douleur, la sueur, la musique des raclements de métal et des coups de butoir des poids sur les appareils le transformaient en un mécanisme, un rouage de cette salle de machines humaines engoncées dans des machines de fer.

Le sérieux des autres clients de la salle convainquait Antoine de l'importance de son activité. La musique lancinante et hypnotique donnait la cadence des coups de rames aux galériens du muscle. Personne ne se regardait franchement, une sorte de honte flottait, la honte de ne pas avoir un corps splendide d'origine et d'être obligé de se le fabriquer avec cette chirurgie de sueur.

Le corps d'Antoine acquérait la matière lisse et ferme des objets industriels ; des lignes claires prirent la place des lignes floues de son ancien corps. Des dessins apparurent sur son ventre, des bosses. Il devenait plus fort, et même s'il ne savait comment utiliser cette force nouvelle, il était heureux de voir surgir l'acier de sa chair molle. Il admirait ses muscles naissants comme les stigmates de sa normalité, les symboles visibles de sa conformité à un idéal de beauté validé. Il était fort, il était quelqu'un ; il se rendait compte combien, en étant chétif et faible, il n'avait été presque personne. Comme un Lego, son corps s'emboîtait parfaitement dans la reconnaissance du monde. Il avait désormais la même fluidité que celle des requins dans l'eau, plus rien ne l'accrochait ; sa transformation physique suivait sa transformation psychique. Son esprit et son corps n'étaient plus douloureux, comme s'il appartenait enfin à cette étonnante espèce de poissons qui n'ont pas peur de se noyer. Il ne s'aperçut même pas que sa petite et précieuse timidité s'était envolée de son cœur comme un papillon.

Antoine n'était plus singulier, il se reconnaissait dans les autres comme dans des miroirs vivants ; ce qui lui épargnait bien des efforts.

Impassiblement heureux, Antoine avait l'impression que son corps était rempli de petites et douces plumes de jeunes oies, circulant dans ses veines, remplissant ses organes; son cœur et son cerveau débordaient de chamallows multicolores. Le mardi 1er août, il reçut une lettre de sa banque l'informant qu'il était à découvert. Il éprouva alors sa première angoisse depuis le début de son traitement. Trop insouciant, il avait oublié de trouver une source de revenus, achetant avec une lascivité nouvelle des choses qui lui auraient paru superflues quelques semaines plus tôt. Il fallait qu'il trouve de l'argent: la vie est un animal qui se nourrit de chèques et de cartes de crédit.

Avec sa maîtrise d'araméen, sa licence de biologie et sa maîtrise de cinéma sur Sam Peckinpah et Frank Capra, ainsi que ses multitudes de morceaux de diplômes, il ne pouvait espérer trouver un emploi qualifié qui corresponde à ses formations. Le choc de ce retour à la réalité avait neutralisé les effets de l'Heurozac, c'est donc douloureusement conscient qu'Antoine se présenta à l'ANPE de son quartier. Après une attente de trois heures, debout avec d'autres chômeurs dans une salle climatisée aux phéromones de stress, un homme dans un des box cria son nom en l'écorchant sans aucune hésitation. Antoine s'assit face à l'homme en costume qui pianotait sur son ordinateur. Il se passa cinq minutes avant que l'homme ne prenne conscience de sa présence. Enfin, il lui posa quelques questions, sans quitter des yeux l'écran de l'ordinateur. Antoine révéla ses diplômes exotiques:

— Laissez tomber, lui dit l'homme. Vous êtes fou, c'est ça ? Pourquoi avez-vous choisi d'étudier ces... ces trucs...

— Ça m'intéressait. Oh, et j'ai presque fini une licence de...

— C'est du suicide professionnel, vous avez fait des études pour être chômeur!

— Bien, dit Antoine en se levant, au revoir et merci pour votre aide et votre soutien.

— Attendez, ne laissez pas tomber si facilement. Vous avez le permis ?

— Non.

— Vous n'avez pas le permis... Incroyable.

— En fait, d'après une étude, expliqua Antoine sardoniquement, les réserves de pétrole de la planète devraient être épuisées d'ici quarante ans. Ça ne vaut pas le coup que je gâche de l'argent pour ça.

— Il ne faut pas que vous soyez trop difficile. Vous êtes du deuxième choix. Attendez, attendez.

L'homme, qui ne regardait que l'écran de son ordinateur, proposa des stages à Antoine, des formations pour des métiers qui ne l'intéressaient pas et qui étaient payés par la pauvreté. Antoine s'aperçut qu'il était dans la position du mendiant: il n'avait pas le choix, il devrait prendre ce qu'on voudrait bien mettre dans son chapeau, pièces jaunes, tickets de métro, Ticket-Restaurant, boutons de culotte, chewing-gums déjà mâchés... L'homme se démenait pour lui trouver quelque chose, c'est-à-dire n'importe quoi; il le rabaissait avec une bienveillance professionnelle. Antoine se leva et partit sans que l'homme s'en aperçoive.

Antoine se rappela un camarade de lycée qui avait fait fortune, Raphaël. En fouillant dans la boîte où il jetait pêle-mêle ses archives, il retrouva son nom de famille et son numéro de téléphone. Bien sûr, Raphaël n'habitait plus chez ses parents. Ceux-ci, adorables ou gâteux, il n'aurait su le dire, lui fournirent son numéro de téléphone.

Antoine espérait que Raphi, c'était son surnom ridicule, se souviendrait de lui et du rôle qu'il avait joué dans le choix de sa carrière lors d'une discussion à la fin de leur année de terminale.

Très sûr de lui, Raphi était à l'aise avec tous; il avait le contact franc et direct de celui qui ne doute pas qu'il est aimé. Sa conscience aérodynamique n'avait pas la chance douloureuse de s'accrocher aux aspérités de la réalité et de se blesser: elle glissait dans le monde. Raphi appréciait Antoine, le trouvait drôle, principalement car il ne sentait pas la critique acerbe de ses mots; et, surtout, il était curieux de ce personnage qui n'était pas en admiration devant lui. Antoine, pour Raphi, était exotique, il ne le comprenait pas. Quant à Antoine, manger en face de Raphi lui donnait l'occasion de ne pas avoir à écouter une conversation pour savoir qu'elle ne serait pas intéressante. Raphi avait cet égocentrisme de ceux qui parlent d'eux-mêmes à la première personne: il parlait de lui, des autres par rapport à lui, de ce qu'ils disaient de lui, etc.

Raphi était en train de tailler en pièces un bout de pain, le déchirait, le tordait, signe de nervosité inhabituel chez lui. Il approcha sa tête de l'oreille d'Antoine, et lui murmura, comme s'ils étaient deux espions américains à la cantine du KGB:

— J'ai un problème. Est-ce que tu peux m'aider?

— Je vais même lancer une grande opération humanitaire, répondit laconiquement Antoine, peu convaincu que ces soixante-dix kilos de perfection aient réellement un problème d'importance.

— C'est très existentiel, je sais que tu es bon là-dedans.

— Bien sûr, je suis ceinture noire d'ontologie.

— Voilà. J'ai le choix pour mes études, je suis accepté dans les meilleures classes préparatoires... Je pourrais suivre la voie de la réussite : Sciences-Po, HEC, l'X, l'Ena peut-être, ensuite rejoindre un grand groupe à un poste important, et finir par le diriger, ou alors je pourrais faire carrière dans la haute fonction publique...

— Tu pourrais devenir président... dit Antoine, sarcastique.

— Oui, c'est sûr. Je pourrais avoir ce genre d'avenir brillant, mais j'ai envie d'autre chose. J'ai envie de prendre des risques et de faire ce qui me passionne. Je ne veux pas, à la fin de ma vie, me dire que j'ai réussi tout ce que j'ai entrepris, que je suis riche et aimé et tout ça, mais que je n'ai pas réalisé ma passion. Je n'en ai pas parlé à mes parents, parce que je ne veux pas les inquiéter, mais j'ai envie de tout envoyer balader, et de suivre ce que me dit mon cœur. J'ai besoin d'aventure, de sortir des sentiers battus, je sens que j'ai quelque chose d'original en moi. J'ai un rêve secret, Antoine, une passion absolument dingue...

— C'est très bien, Raphaël, dit Antoine, étonné que son camarade de classe se laisse entraîner par une passion apparemment si peu raisonnable. C'est très bien, je dois t'avouer que tu me surprends, je te pensais plus terre-à-terre, plus arriviste.

— C'est mon côté poète, Antoine, je sens que j'ai l'âme d'un artiste. Tu crois que je devrais foncer et me donner complètement dans ma passion ?

— Oui, c'est clair, vas-y. Largue les amarres. Il te faudra du courage et de la patience, t'accrocher pour réaliser ton rêve, mais oui, vis ta passion.

Raphi était aux anges. Ému, il serra les mains d'Antoine, les yeux brillants de reconnaissance. Pour le remercier, il lui servit un verre d'eau.

— Au fait, Raphaël, tu ne m'as pas dit ce que c'était, ton rêve fou...

— Je vais créer ma propre société de courtage !

— Pardon ?

— Actions, obligations, Sicav... Je vais le faire, Antoine, grâce à toi je vais me faire des couilles en or !

Finalement, les parents de Raphaël ne prirent pas la chose si mal, ils lui offrirent même un million pour aider sa boîte à démarrer. Depuis, Antoine avait sur la conscience ce crime imbécile : il avait fabriqué un nouveau capitaliste. Il avait haussé les épaules quand Raphi lui avait dit qu'il serait toujours là pour l'aider en cas de besoin, mais, aujourd'hui, son compte en banque criait famine et il ne voyait plus de barrière morale à entreprendre n'importe quoi pour gagner de l'argent. Quand on constate que l'on est un des rares à observer des principes moraux dans les rapports humains, il peut être tentant de sombrer dans l'amoralité, non pas par conviction ou par plaisir, mais simplement pour ne plus souffrir, car il n'y a pas plus grande douleur que d'être un ange en enfer, alors qu'un diable est chez lui partout. Antoine allait emprunter à ce comportement qui consiste à s'intégrer en offrant en sacrifice ses idéaux ; la damnation permet tout, pardonne tout.

Il ne put parler à Raphi directement : une secrétaire fit barrage et lui demanda de laisser son numéro de téléphone. Une heure plus tard, la cabine téléphonique près de la boulangerie sonna. C'était Raphi, excité et heureux de parler à celui qui l'avait encouragé à prendre son destin en main.

— Antoine ! Si tu savais comme je suis content de te parler. Toi et moi, c'était le bon temps, hein ? Qu'est-ce que tu deviens ? Il faut absolument que tu viennes manger à la maison avec ta femme, que tu me parles de ton boulot, ça serait génial !

— Je suis célibataire et au chômage.

Il y eut un instant de silence à l'autre bout de la ligne. Raphaël n'avait jamais pensé que sa réussite personnelle n'eût pas instauré le bonheur pour chaque être humain sur terre.

— Ce n'est pas un problème, tu es mon gourou, Antoine, je vais te trouver tout ça. C'est le minimum que je te dois. Il faut qu'on se voie !

Ils convinrent d'un rendez-vous dans l'immeuble de Saint-Germain-des-Prés qui abritait la société de Raphi. Celui-ci accueillit Antoine dans son grand bureau décoré de grandes affiches de films. L'affaire fut vite conclue : Raphi voulait engager Antoine.

— Je ne connais rien à la Bourse...

— Justement, tu es neuf dans le milieu, tu ne risqueras pas d'être influencé par des bêtises. J'ai confiance en toi.

— Qu'est-ce que je devrai faire ?

— C'est facile : il suffit de vendre et d'acheter des actions dans le monde entier. Au bon moment. De sentir les actions dont le cours va monter ou baisser, être à l'écoute, laisser de la place à son instinct. Et pour ça, je n'ai aucune inquiétude à avoir : tout ça, ma réussite, c'est grâce à toi.

Très fier, Raphi fit visiter les luxueux locaux de la société à Antoine, le présenta à ses collègues et à la machine à café. L'ambiance était laborieuse et électrique, mais détendue ; les rapports de travail étaient souples, comme dans une communauté égalitaire. Le président Clinton se fait appeler Bill par la presse obéissante, plutôt que par son prénom complet, William ; c'est plus sympathique, cela donne de lui l'image d'un ami, de quelqu'un de proche, à qui on pardonne facilement ; surtout, cela permet d'atténuer l'image négative attachée à sa fonction. Suivant la même stratégie affective, pour tous dans la boîte, Raphaël était Raphi. De contact facile, ouvert et aimable, cela lui servait à exercer des pressions bienveillantes sur ses collaborateurs, à, amicalement, exiger une plus grande productivité et des horaires de travail extensibles.

On donna à Antoine un box dans l'immense salle qui abritait les soixante-dix agents de change de la société. Il était équipé de deux micro-ordinateurs, d'un petit bureau de fer gris avec une série de tiroirs et d'une tasse à café. Sur les murs de la salle défilaient les cours des différents marchés des plus grandes

Bourses mondiales. Pendant une semaine, Antoine observa le manège de ses collègues ; on lui donna des conseils ; il acheta des livres pour maîtriser les termes et les mécanismes financiers : OPA, Nasdaq, OPE, FED, COB, Stoxx, FTSE 100, DAX 30… Outrageusement plus simple que l'araméen, cette nouvelle langue n'eut rapidement plus aucun secret pour lui.

Sa vie changea encore. Un salaire fixe, qui lui aurait largement suffi pour vivre, était complété par une commission sur ses résultats. Il abandonna son minuscule studio gratuit pour un loft à la Bastille, rue de la Roquette. M. Brallaire n'ayant toujours pas recouvré sa santé, Antoine demanda à Vlad, son voisin catcheur, de s'en occuper.

Il ne voyait plus Rodolphe. Celui-ci voulait l'amener sur des sujets intellectuels et polémiques pour lesquels il avait perdu tout goût ; sans le ciment de la discussion et de l'opposition, leur relation se délita. Antoine accompagnait toujours Charlotte pour des tours de grande roue, mais ils ne se parlaient plus. D'habitude si calme, Ganja se fâcha et déclara qu'ils ne se reverraient que quand il aurait abandonné son projet stupide d'être stupide. As lui dédia un quatrain dans lequel il remarqua qu'ils ne respiraient plus le même air, et que, sans avoir changé de pays, ils étaient devenus étrangers l'un à l'autre. Ils se quittèrent un soir après une soirée silencieuse à leur ancien quartier général, le *Gudmundsdottir*. Antoine regarda s'éloigner ses amis dans la nuit, éclairés par la lumière du corps d'As. Cela ne l'avait pas rendu très triste : ils n'avaient plus rien à se dire. Antoine était occupé par son nouveau métier, son ambition de devenir ambitieux et de désirer des vêtements de marque. Il avait de nouveaux amis qui avaient un avis sur tout, avec qui il allait à des concerts, dans des soirées. Il vivait ainsi la vie normale de tous les jeunes gens qui ont les moyens de vivre. Antoine gagna des amis de consommation, préemballés, des amis de série qui n'hésiteraient pas à ne pas lui venir en aide en cas de problème.

De l'extérieur, on aurait pu le croire totalement intégré dans cette caste de princes, jouant sans question le rôle de son costume Hugo Boss. Pourtant, en regardant plus attentivement, on se serait aperçu qu'il gardait une certaine retenue. En tout cas, jamais il ne remettait en cause la morale de ses fréquentations, jamais il ne donnait un avis qui pût paraître original. Antoine se laissait porter par ce nouveau monde et en tirait un plaisir certain : le plaisir de la liberté encadrée, de l'abandon au courant qui suit la forme du fleuve.

L'argent, la réussite, l'intégration dans un milieu reconnu aux bases solides, tous ces facteurs participent à une économie de soi. Il n'y a plus besoin de penser à ses désirs, à sa morale, à ses actes, à ses amis, à sa vie, plus besoin de comprendre, de chercher : votre milieu vous fournit tout ça clés en main. Antoine reçut le trousseau de son mariage avec la société. C'est une question d'économies d'énergie, c'est nettement moins fatigant, moins éprouvant que d'essayer de tout trouver soi-même, voire d'inventer. Non, ce n'est pas la peine, on vous fournira en émotions préfabriquées, en pensées prémontées.

D'une façon frappante, les êtres humains ressemblent à leur voiture. Certains ont une vie sans options qui roule tout juste, ne va pas très vite, cale et a souvent besoin de réparations ; c'est une vie bas de gamme, peu solide, qui ne protège pas ses occupants en cas d'accident. D'autres vies ont toutes les options possibles : l'argent, l'amour, la beauté, la santé, l'amitié, la réussite, comme airbag, ABS, sièges en cuir, direction assistée, moteur 16 soupapes et air conditionné.

À la mi-août, la greffe d'Antoine à sa profession avait bien pris, il était un agent de change comme les autres, son travail était correct. Il suivait les marchés, réagissait selon un mélange d'instinct et de logique, mais n'avait pas réussi le gros coup qui l'aurait fait entrer dans le cénacle des millionnaires de la boîte. Il oublia de penser aux conséquences de la spéculation et de ses jeux de chiffres sur un monde réel qui n'existait plus vraiment dans la sphère de sa conscience ouatée.

Pourtant, un trait différenciait Antoine de ses collègues : il ne supportait pas le café. Il avait essayé d'en boire une tasse à ses débuts dans la société. Résultat : il n'avait pas pu fermer l'œil pendant deux nuits. Depuis, il consommait à longueur de journée du café décaféiné. La tasse de café est une question de standing, un bon agent de change a toujours une tasse de café à la main ou sur son bureau. Exactement comme un flic a son arme, un écrivain son stylo, un joueur de tennis sa raquette, l'agent de change travaille avec son café ; c'est son outil de travail, son marteau-piqueur, son Smith & Wesson.

Puis, d'un coup, sans aucune préméditation, Antoine devint riche. Il pianotait comme d'habitude sur ses deux ordinateurs dans son petit box parmi l'agitation d'une journée normale : hausses, baisses, cris, sonneries de téléphone continues, suicides, cliquettements, hurlements, chuintement régulier des dix cafetières alignées contre le mur... Il tapotait tranquillement, un téléphone coincé entre l'oreille et l'épaule, vendait des yens, lançait sa ligne et son hameçon dans le hasard des marchés, quand, en voulant saisir son café pour humidifier sa muqueuse labiale asséchée, il le renversa sur le clavier de son ordinateur principal. Il y eut quelques étincelles, un peu de fumée, des grésillements, l'écran de son ordinateur se brouilla, cligna, mais tout rentra dans l'ordre en un instant. Excepté que ses comptes indiquaient qu'il avait réalisé une juteuse opération dont le montant s'élevait à plusieurs centaines de millions. Le court-circuit avait provoqué une réaction en chaîne aboutissant à des opérations financières géniales.

— Je savais que c'était une bonne idée de t'engager,

lui dit Raphi. Comment tu as fait pour prévoir ce coup ?

— L'intuition, répondit Antoine, en baissant les yeux.

— Et ça, ça ne s'apprend pas. Tu as quand même dû bosser le sujet, tu as eu une parfaite maîtrise des événements, tu ne t'es pas affolé, tu as gardé le cap. Ça, mes amis, c'est ce que j'appelle du sang-froid !

Toute la salle applaudit Antoine, des collègues lui donnèrent de grandes tapes dans le dos, des cotillons volèrent, des bouteilles de champagne furent ouvertes, et Raphi tendit le chèque de sa commission. Antoine regarda le montant du chèque, et, sans qu'il s'y attende, fut ému. Il fut aussi ému que si ses enfants venaient de naître. Il pouvait l'être, car il avait des sextuplés : à la suite d'un chiffre quelconque, six zéros étaient dessinés sur le chèque.

À cet instant, Antoine ne se rappela pas qu'il avait un jour su que c'est toujours soi que l'on corrompt le plus facilement. Une pilule rouge lui épargna de penser qu'il avait pu en même temps se vendre et s'acheter avec une richesse qui ne fossilisera dans aucun rêve.

Pour toucher la réalité de sa fortune, Antoine empocha sa prime en petites coupures. Il sortit de la banque avec deux valises remplies de billets et les empila en paquets sur la grande table en bois d'olivier de son salon. Ces milliers de rectangles de papier étaient les atomes de sa réussite. Il succomba un peu à l'ivresse de ce qui focalisait le désir de l'humanité, la tête lui tourna; malgré lui, il sourit. Il était riche; c'est-à-dire qu'il avait rempli une part de son contrat en accomplissant un fantasme partagé par des milliards de personnes.

Mais ce sentiment, qu'il baptisa « bonheur », ne dura pas. Qu'allait-il faire de cette richesse? S'il voulait être un millionnaire parfaitement normal, il ne pouvait se contenter de conserver cet argent. Être riche n'est pas une fin en soi, la société, les gens dans la rue devaient par leur admiration et leur envie être le miroir de sa réussite. Antoine se rendit compte qu'en devenant riche, il n'avait parcouru que la moitié du chemin: il était nécessaire maintenant de désirer les choses que les riches désirent. Et cela lui sembla la partie la plus difficile. Pour devenir riche, il n'avait eu qu'à renverser une tasse de café sur le clavier de son ordinateur; pour utiliser sa richesse, il allait devoir se creuser la tête.

Feuilletant des magazines, il établit la liste des choses qu'il devait désirer. Et ne pas désirer: il prit garde de ne pas tomber dans le travers des nouveaux riches, catégorie apparemment méprisable de riches qui n'a que le vernis le moins important de la richesse, c'est-à-dire l'argent.

Comme s'il était devenu son propre père Noël, Antoine fit ses courses avec sa grande hotte en osier et son traîneau de rennes. Pour décorer son loft et habiller sa réputation, il acheta de l'art contemporain. Dans une prestigieuse galerie parisienne, il choisit des toiles d'un peintre qui devait être un génie vu le nombre de zéros apposés sous sa signature. Le propriétaire de la galerie le décrivit comme le nouveau Van Gogh. « D'ailleurs, affirma-t-il à Antoine pour le convaincre, il a eu les oreillons. » Antoine mima l'admiration, donna un « oh ! » en aumône à la bêtise vénale du marchand d'art et ouvrit sa mallette. Ensuite, il entreprit d'acheter une voiture de luxe. Il ne savait pas conduire, n'avait nullement l'intention d'apprendre, mais cela n'affecta en rien sa résolution de sacrifier à ce rite capital. Presque tout le monde achète une voiture, ce choix étant bridé pour le plus grand nombre par des raisons financières. Antoine n'avait pas à s'en soucier, aussi il se retrouvait devant un choix incroyable de marques, modèles et motorisations. Il observa que les différentes voitures de luxe correspondaient souvent à un type particulier de fortune : les millionnaires de la boîte de Raphi avaient tous des voitures de sport pour les plus jeunes et des Mercedes ou des BMW pour les trentenaires les plus âgés. Antoine acheta la voiture qui affirmerait qu'il était jeune, brillant et agent de change millionnaire : une Porsche rouge. Le concessionnaire livra la voiture devant son loft et elle y resta comme une enseigne lumineuse vantant son succès et sa puissance.

Dans des magasins gardés par le mépris cerbérien des vendeurs pour ceux n'ayant pas les moyens d'y faire leurs emplettes, Antoine fut accueilli comme un prince quand on aperçut sa couronne plastifiée : sa carte de crédit dorée. Il acheta de beaux costumes qui feront bien rire les prochaines générations, et qui, pour l'instant, diffusaient sa supériorité sur le peuple commun qui n'a pas les moyens d'afficher un si mauvais goût avec une si naturelle ostentation.

La mue (définition du *Petit Robert*) est un « changement partiel ou total qui affecte la carapace, les cornes, la peau, le plumage, le poil, etc., de certains animaux, en certaines saisons ou à des époques déterminées de leur existence ». Antoine avait mué. Il avait abandonné ses anciennes frusques pour des vêtements chics ; parfumait sa peau avec des fragrances hors de prix, l'oignait, l'entretenait avec des huiles et des laits, se faisait faire des massages, des soins et des UV dans des instituts de beauté et entretenait sa coiffure toutes les semaines dans un salon huppé. La mue est également un changement dans le timbre de la voix humaine au moment de la puberté. Ainsi, il sembla à Antoine qu'il était subitement, en l'espace de quelques semaines, devenu adulte. Avant l'époque de sa réussite, sa voix n'était pas aussi efficace dans la vie de tous les jours, quand il s'agissait de demander quelque chose à un commerçant, quand il avait affaire à des fonctionnaires dans les administrations ou simplement dans une conversation : il arrivait qu'on ne l'entende pas, malgré sa voix claire. Mais, maintenant, sans qu'il ait constaté de changement de timbre, Antoine était tout de suite entendu, écouté et exaucé.

Avec toutes ces histoires de mue, nous pouvons dire qu'Antoine était devenu une sorte de serpent. Il n'avait plus grand-chose à voir avec l'être humain qu'il avait été, comme s'il avait changé d'espèce.

Son budget avait explosé. En plus des gros achats de tableaux, de la voiture, des vêtements, il offrit à son standing des appareils électroménagers, hi-fi, vidéo et informatiques. En vérité, il n'utilisait pas ces appareils perfectionnés et hors de prix. De même, il ne mangeait pas les cargaisons d'aliments fins qu'il engouffrait chaque soir dans son gigantesque frigo américain. Son esprit en était au stade de l'achat, pas encore à celui de la consommation. Antoine avait gardé ses goûts simples. Son loft ressemblait à un musée des merveilles de la technique moderne, à un cimetière d'appareils neufs.

Pour que son compte en banque continue à alimenter ses travaux pratiques de consommation, Antoine renversa, de nouveau, une tasse de café décaféiné sur le clavier de son ordinateur. Cette fois encore, ce fut le jackpot : l'argent est un animal domestique, un bon chien fidèle qui commençait à connaître le chemin de son compte en banque.

C'était la fin de la journée. Tous les agents de change étaient en train de partir quand Raphi appela Antoine dans son bureau. Deux jeunes femmes en robe de soirée sexy encadraient Raphi.

— Antoine ! s'exclama Raphi. Tu es merveilleux, mon ami. Voilà ta prime.

— Merci, dit Antoine en rangeant les millions dans la poche intérieure de sa veste. Bien, bonsoir…

— Comment « bonsoir » ? Nous passons la soirée ensemble. Pour fêter ton génie. Je te présente Sandy.

— Enchantée, dit une des filles en souriant et en lui tendant sa fine main.

— Et Séverine, continua Raphi, qui sera ta cavalière ce soir, veinard.

Antoine observa Séverine, son corps superbe, sa mine aguichante, ses yeux pleins de désir quand elle le regardait et se dit qu'il y avait un problème. Sentant doucement les canines de sa personnalité poindre de l'hypogée de sa conscience, il aurait bien avalé une ou deux pilules d'Heurozac pour prévenir ce danger, mais il les avait oubliées chez lui. Il demanda à Raphi s'ils pouvaient parler seuls un instant. Raphi pria les filles de les attendre à la voiture. Elles sortirent du bureau avec un air de défi concupiscent.

— Je ne peux pas croire que tu me fasses un coup comme ça, dit Antoine sur un ton de reproche.

— Quel coup ? De quoi tu parles ?

— Tu me payes une prostituée... Je croyais que tu me connaissais mieux, Raphaël. Ça me déçoit de ta part.

— Une pute ? Raphi éclata de rire. Tu crois que Séverine est une pute ?

— Ça me semble évident.

— Tu devrais avoir plus confiance en ton potentiel de séduction, Antoine. Non, Séverine n'est pas une pute.

— Alors pourquoi veut-elle sortir avec moi ? Et surtout, pourquoi est-ce qu'elle a cette mine gourmande quand elle me regarde ? On dirait qu'elle regarde Brad Pitt.

— Je lui ai parlé de toi, que tu es un magicien de la finance, tout ça. Je t'assure, tu as du charme.

— C'est ça. Et c'est quoi, cette Sandy ? Raphaël, tu as une femme sensationnelle...

— Oh non, tu ne vas pas me faire la morale !

— Non, c'est pas ça, mais... Si, je vais te faire la morale, parce que tu...

— Tu vas cafter ? Parce que c'est mal de cafter. Les cafteurs vont en enfer. Tu es un peu coincé, Antoine. Relax.

— Ta femme va être malheureuse, tu ne peux pas faire ça.

— Ma femme ne saura rien, donc cela ne lui fera pas mal, par conséquent ce n'est pas mal.

— Pourquoi tu fais ça ? Tu as un amour...

— Il n'y a pas que l'amour dans la vie. Il y a le désir aussi. Merde, Antoine, on est en l'an 2000, il y a eu la libération sexuelle, réveille-toi. On dispose de son corps, les filles sont libérées.

Raphi avait la morgue de ces princes roturiers qui confondent leurs privilèges avec des droits, et leur justification avec la vérité. Antoine s'assit dans un fauteuil devant le bureau. Il frotta une gomme sur un agenda, les yeux dans le vide. Il resta ainsi une minute entière. Pendant ce temps, Raphi rangeait des papiers dans sa mallette. Antoine fixa Raphi :

— À propos de libération sexuelle…

— Tu veux des cours ? Séverine te donnera des cours… si tu vois ce que je veux dire.

— Une de mes collègues partage ton opinion, elle vote pour toi.

— Bien sûr, les choses ont changé, il faut être moins coincé. Elle profite du sexe et elle a raison.

— Je ne sais pas si tu la connais, elle s'appelle Mélanie.

— Mélanie ? prononça Raphi en blêmissant. La Mélanie du Nasdaq ?

En s'appuyant sur le bureau, Antoine fit tourner son fauteuil à roulettes. Il regardait Raphi, observait sa réaction, un petit sourire sur les lèvres et comme une mélancolie remontant à la surface de ses yeux. Il se leva et prit Raphi par l'épaule.

— Oui. Elle est d'accord, et pour tout dire, elle est prête à coucher avec n'importe qui tellement elle est libérée. C'est super, nan ? Mais le problème c'est que personne ne veut coucher avec elle. Alors… je me suis dit que, comme toi tu es aussi libéré, tu pourrais peut-être lui rendre ce service…

— Mais, Mélanie… elle est vraiment… enfin, tu vois… elle n'a rien de…

— Elle est certainement plus marrante, plus intelligente que toutes tes Sandy, pas prise de tête avec ça. C'est ce que tu veux dire ?

— Elle est moche, Antoine, je suis désolé, mais c'est la vérité, elle ressemble à un squelette. Elle est un remède au Viagra.

— Et ?

— Et quoi ? Qu'est-ce que tu veux que je te dise ? C'est la nature : tout le monde ne peut pas courir le cent mètres. Il y a des inégalités naturelles, je n'y peux rien. Elle n'a pas le corps pour ça. Mais il y a d'autres sports. Il vaudrait mieux qu'elle mette ses forces dans l'amour, seuls les sentiments peuvent faire passer un physique comme le sien. L'amour est aveugle. Tu connais le proverbe : c'est une fille à amitié, pas une fille à baiser.

— C'est tout ? Mais... Raphaël, tu ne comprends pas... Elle veut du sexe, elle veut s'éclater. Comme toi, comme Sandy.

— Je peux me renseigner pour lui trouver des mecs aveugles. Écoute, Antoine, demain, je lui proposerai que la mutuelle de la boîte lui paye une opération pour se faire siliconer les seins. Ça devrait limiter les dégâts.

— Tu es vraiment charitable. Tant que tu y es, tu n'as qu'à lui faire greffer une bite dans la main...

— Réveille-toi, Antoine, on ne fantasme pas sur la personnalité. C'est pas ça qui fait bander. C'est peut-être dommage, mais c'est comme ça. Je n'y peux rien.

— Kirk Douglas a dit : « Montrez-moi une femme intelligente, je vous dirai "Voilà une femme sexy." »

— Hé, Antoine, tu ne veux quand même pas que je couche avec elle simplement pour être cohérent ?

— Ça aurait été bien.

Mélanie était ce genre de personnes qui aiment ce qui les condamne, comme ces pauvres qui admirent les riches ; de même que Raphi ne la désirait pas car elle était laide, elle le désirait car il était beau. Une semaine plus tard, elle arriva au travail avec un décolleté sur sa nouvelle poitrine, volumineuse et ferme. Pour certains hommes, cela suffit à la rendre visible. Elle n'était plus un spectre aux yeux de ses collègues : avec ses seins, elle se coulait enfin dans le moule du regard des hommes.

Raphi était satisfait de sa magnanimité, mais était inquiet pour Antoine à cause, dit-il, de son « robespierrisme sentimental ». Par un harcèlement amical, il le convainquit d'aller consulter une amie qui dirigeait une société de rencontres. Il donna toutes les garanties de sérieux, lui assura que cela ne l'engageait à rien, le supplia d'avoir au moins un entretien avec son amie. Antoine capitula pour que Raphi le laisse tranquille avec son catéchisme libertin et ses harangues moralisatrices. Il y a quelques semaines, il avait encore une idée de l'amour comme une forme d'art, ou tout du moins d'artisanat, maintenant il s'avançait dans le nouveau monde, certainement plus réel, où l'amour est une forme de la consommation et un lieu de ségrégation.

Au cinquantième étage d'un immeuble d'affaires qui abritait les sièges sociaux d'entreprises *high-tech*, Antoine pénétra dans les locaux fourmillants de la société matrimoniale. Pas de cloisons ; les employés naviguaient dans tous les sens, les téléphones sonnaient sans interruption ; le cliquetis des claviers d'ordinateur distillait une musique qui aurait pu être jouée à l'Ircam. Antoine fut introduit dans un bureau de style anglais, isolé de l'agitation. Il attendit quelques secondes, seul, debout. La pièce était lumineuse et rangée. Quelques livres sur des étagères, des plantes contre les murs, des objets d'art discrets, un Apple bleu ciel, une grande fenêtre. Avec vivacité, une femme d'une quarantaine d'années entra, le pria de s'asseoir et passa derrière le bureau. Elle portait un tailleur élégant, assez ample pour ne pas gêner ses mouvements et peut-être aussi pour cacher quelques kilos supposés en trop.

— Vous venez de la part de Raphi, c'est ça ? Bon, on va vous trouver quelque chose. Vous ne devrez pas être trop difficile, vous êtes du deuxième choix. Vous avez des exigences particulières ?

— C'est-à-dire ?

— Blonde, brune, rousse, taille, catégorie professionnelle. Il y a pas mal de critères. Je ne peux pas vous promettre de vous fournir un rendez-vous avec le portrait craché de ce que vous voulez, mais on peut s'en approcher.

La femme alluma son ordinateur, ouvrit des fichiers, tapa quelques mots. Elle paraissait épuisée, comme à bout de forces, et en même temps nerveuse et survoltée. Elle fixait Antoine en attendant la liste de ses critères.

— Je ne veux pas détailler. Enfin… je crois que j'ai fait une erreur en venant ici. Veuillez m'excuser.

— Ça vous choque ? Mais c'est comme ça que ça marche, sauf qu'à la place des filtres inconscients, nous utilisons des filtres scientifiques. Le résultat est le même. Si nous avons le meilleur taux de réussite de toutes les agences matrimoniales, ce n'est pas un hasard : nous faisons dans les affaires, pas dans les sentiments. Dans les affaires de sentiments, si vous voulez. Reprenons. Donc, pas de profil déterminé.

Ses doigts frappèrent violemment les touches du clavier. Le téléphone sonna, mais elle ne décrocha pas. La sonnerie cessa. Elle regarda Antoine, le détaillant d'un œil expert, comme si elle en faisait une estimation.

— Quelqu'un d'à peu près mon âge quand même…

— Super. Écoutez, mon garçon, faites un effort. Nous allons constituer un dossier sur vous et c'est à partir de ça que des clientes vont éventuellement s'intéresser à vous. Alors autant bien vous présenter.

— Vous voulez dire que je parle de mes passions ?

— Oui, on va mettre ça à la fin. Mais d'abord, il faut mettre en avant votre situation sociale.

— Je ne préférerais pas, je ne veux pas que…

— Vous vous moquez de moi ? Je n'ai pas de temps à perdre avec des gens qui veulent être aimés pour leur personnalité. Si encore vous étiez beau, vous trouveriez sans mal des filles qui vous aimeraient pour votre humour et votre gentillesse. Mais là… Jeune homme, nous ne sommes pas ici pour faire de la morale, pour dire c'est bien ou c'est mal, simplement c'est comme ça que le monde fonctionne, que vous le vouliez ou non, c'est comme ça, alors mettez toutes les chances de votre côté. Machiavel a dit des choses qui peuvent paraître cyniques sur la politique, mais elles n'en demeurent pas moins vraies. Nous sommes les Machiavel de l'amour. Je ne dis pas que l'on aime pour l'argent, la couleur des cheveux, le tour de poitrine, mais les statistiques nous apprennent que cela a une influence déterminante. Le métier, la musculature, la taille, l'âge, l'argent, le poids, la voiture, les vêtements, la couleur des yeux, la nationalité, la marque de cornflakes que vous mangez le matin... Vous n'imaginez pas le nombre de facteurs qui ont une influence. Savez-vous que les blondes ont vingt-quatre pour cent de rapports sexuels de plus que les brunes ? Il y a des vérités en amour et dans le sexe, et vous savez quoi ? Ces vérités ne concernent personne, parce que tout le monde est persuadé de la particularité de sa petite histoire. J'ai des tonnes de statistiques qui me disent le contraire.

— Vous généralisez, dit Antoine, réconfortant. La personnalité compte, à mon avis, pas autant pour tout le monde, mais... Je connais des gens pour qui ça compte. Vous exagérez peut-être un peu.

— Vous croyez ? C'est possible. Je suis malheureuse, alors c'est mon droit d'exagérer et d'avoir une vision pessimiste de tout ça. Je crois que je suis objective pourtant, mais en amour la vérité est sans doute du cynisme. Pour tout dire, je m'énerve à être aussi objective, à comprendre que tout cela n'est pas sans raison et que l'on n'est responsable de rien. J'aimerais cesser d'être objective, pour pouvoir me laisser aller à la haine et, enfin, réussir à détester mon mari qui m'a quittée pour une fille de vingt ans.

Elle frappa sa souris contre le bureau, appuya sur une touche du clavier et se leva. Elle souriait d'une méchanceté triste. Elle se tourna vers les étagères, changea des livres de place, renversa une statuette de koala qui se brisa par terre. Elle ramassa les débris.

— Je suis désolé... murmura Antoine en se levant et en l'aidant à ramasser les morceaux de la statuette.

— Pourquoi êtes-vous désolé? dit la femme en fronçant les sourcils. Je vous interdis d'être désolé et de critiquer mon mari. Pour qui vous prenez-vous?

— Je voulais juste… Il vous a quittée pour une fille plus jeune…

— Et alors? Vous vous trompez en prenant mon parti. Moi, je n'aurais jamais pu tomber amoureuse d'un homme comme vous.

— Parce que je ne suis pas assez mignon?

— Non, c'est surtout que vous êtes plus petit que moi.

— Juste à cause de ça?

— C'est important, en tout cas pour moi. Ne me demandez pas pourquoi. Mais je dois admettre que c'est du même ordre que mon connard de mari qui préfère une jeune. Il n'y a pas d'innocents en amour, il n'y a que des victimes.

— C'est un peu calculateur, de choisir selon ce genre de… critères…

— Non, vous vous trompez. Rien n'est calculé, tout le monde est sincère en amour. Mon mari est réellement amoureux de cette salope. Il ne s'est pas dit : « Oh, ma femme a quarante ans, ses seins tombent, sa peau n'est plus aussi belle, elle prend du poids, je vais la remplacer. » C'est la vérité, à mon avis, mais il ne s'est pas dit ça. Simplement, cela s'est fait dans ces conditions. C'est après qu'on peut rationaliser et décortiquer un comportement. Moi, je vous aurais adoré, vous auriez peut-être été mon meilleur ami, mais je ne serais pas tombée amoureuse de vous, sincèrement. Quand j'entends des gens dire qu'ils ne savent pas pourquoi ils sont tombés amoureux de telle personne, cela me fait sourire. Ils ne veulent pas savoir, peut-être, mais, en plus des raisons liées à la rencontre de deux personnalités, il y a des raisons psychologiques, sociales, génétiques… L'amour et la séduction sont à la fois les choses les plus inconscientes et les plus rationnelles qui soient. Dire qu'il n'y a pas de raisons, cela permet de ne pas avouer qu'elles ne sont pas très glorieuses, car qui a intérêt à la vérité ? Quand j'ai demandé à mon mari pourquoi il me quittait pour cette fille, jeune, fine, blonde, sexy, avec des seins superbes, pleine de vie, il m'a dit : « Je ne sais pas, chérie, on ne sait pas pourquoi on tombe amoureux, ça arrive, c'est tout. » Et vous savez le pire là-dedans ? C'est qu'il était sincère, ce fils de pute croyait sincèrement à ces conneries. Ce salaud était sincère. Vous savez ce que disait Mme de Staël ? « Dans le domaine des sentiments, il n'est point besoin de mentir pour dire des mensonges. » Alors, oui, j'exagère… mais, j'ai raison d'exagérer, parce que… je suis vieille, je fais partie de la plèbe, maintenant.

En pleurant, la femme continuait à parler, se reprochait de se plaindre, maudissait son mari et sa nouvelle fiancée. Elle ne remarqua pas quand Antoine s'éclipsa, désolé.

Un fructueux jour de désespoir, il s'était dit que croire en ces vérités qui forcent à courber la tête, c'est faire allégeance à la réalité qui les produit : quiconque voudra trouver des preuves de son malheur en trouvera, car dans les affaires humaines on trouve toujours ce qu'on cherche. Il avait alors décidé que toute vérité qui le faisait souffrir était une morale, que la réalité même était une morale, et qu'il pouvait y opposer l'imagination de la sienne. Mais, en sortant de l'immeuble, malgré son trouble, il ne s'en souvint pas. Plus exactement, il n'eut pas besoin de s'en souvenir : il prit deux pilules d'Heurozac et le spectre des paroles désabusées de la femme disparut. Antoine appela Raphi, lui raconta l'épisode et lui conseilla de prendre soin de son amie.

Une ombre avait flotté près de sa conscience lors de l'entretien, mais elle s'était évanouie sitôt qu'il avait rejoint le rythme de la vie où les jours se reproduisent entre eux.

Pour ceux qui sont parfaitement intégrés dans la société, il n'existe qu'une seule saison, un perpétuel été, bronzant leur esprit à un soleil qui ne se couche pas sur leur sommeil : ils ont des rêves où il ne fait jamais nuit. Antoine avait vécu vingt-cinq années d'un automne pluvieux ; désormais, que ce soit l'hiver, le printemps, l'automne, il n'y aurait plus pour sa conscience que le règne sans partage de l'été.

Le mois de septembre commençait. Le soleil était encore vif et caressait dans les mains du vent la peau des passants. Ce soir, Antoine était resté devant son écran de télévision, à zapper, à regarder des émissions intéressantes, drôles. Peu importait, en fait, ce qu'il regardait : la seule chose qui l'intéressait était les effets tranquillisants et anxiolytiques de la télévision, ce rayonnement solaire qui réchauffait et remplissait la caverne de sa conscience. La télécommande en main, il zappait. Il l'avait recouverte d'un tissu soyeux et épais et l'avait équipée d'un petit moteur qui produisait un doux bruit de ronronnement quand il passait la main dessus. C'était sa télécommande-chat. Avec son index, il cherchait les émissions qui lui fourniraient le prétexte de leur sujet pour excuser son addiction. Malgré les quatre pilules d'Heurozac, Antoine ne se sentait pas bien. Cela depuis qu'il avait trouvé, quelques heures plus tôt, en rentrant du travail, un paquet devant sa porte. C'était un petit colis postal anodin, aussi Antoine ne s'était pas méfié quand il l'avait déballé dans sa cuisine. Il avait arraché le papier, le scotch, et quand il l'avait ouvert, une déflagration l'avait projeté contre le frigo. Les yeux fixes, il était resté à contempler le petit paquet ouvert qui contenait une édition de poche de la correspondance de Flaubert. Son cœur avait peu à peu repris un rythme régulier. Il avait pleuré, sans pouvoir s'arrêter, comme si ses larmes tentaient d'emporter la vision du livre sur la table ou d'éteindre l'incendie qu'il avait provoqué en explosant dans sa mémoire. Il ne l'avait pas touché, n'avait pas osé. La correspondance de Flaubert était un des livres préférés d'Antoine avant sa transformation. Il l'avait adoré, s'était souvent retrouvé dans les tâtonnements, les désillusions et les difficultés de Flaubert à simplement être vivant et à supporter son époque. Ce livre qui réapparaissait tout à coup, c'était comme s'il avait croqué dans une pomme empoisonnée qui troublait un organisme et une pensée qu'il avait crus sécurisés. Il se doutait que cet attentat était l'œuvre de ses anciens amis, qui, en le blessant, tentaient de le récupérer. Il avait concentré sa volonté à lutter contre cette bombe de papier qui risquait de déranger le train-train paisible et sans surprise de sa vie. Par peur d'être contaminé, il avait laissé le livre sur la table et avait enchaîné sa conscience à la télévision, sa télécommande ronronnante dans la main.

Les couleurs de la nuit pénétraient dans l'appartement d'Antoine. La lune bronzait ostensiblement sur la plage de sable noir de l'espace. Antoine essayait de s'hypnotiser dans l'œil du cyclope télévisuel, quand, tout d'un coup, un harpon vint se planter dans l'écran. Des étincelles, un peu de fumée noire, les paroles d'un présentateur qui se distordent, puis plus rien, rien que ce harpon enfoncé en plein milieu de l'écran. Antoine se retourna vivement, la télécommande tomba. Aucune lumière n'était allumée dans l'appartement, aussi ne put-il que distinguer la forme humaine du harponneur. Ce n'était pas un extraterrestre, pensa Antoine, rassuré. Avec surprise, il constata qu'il n'avait pas peur, certainement à cause de sa surdose d'Heurozac. Il se força à trembler et se mordit la lèvre inférieure. Vu la silhouette, c'était un homme de taille normale, a priori sans ailes de chauve-souris.

Dans la rue, les lampadaires s'allumèrent. Maintenant, Antoine distinguait l'homme en face de lui.

— Dany Brillant… murmura-t-il. Vous êtes Dany Brillant. Dany Brillant est un cambrioleur. Vous allez me tuer ? Vous êtes un genre de tueur en série ?

Antoine connaissait vaguement ce chanteur qui semblait être resté bloqué dans les années cinquante ; il avait trouvé agréables et charmantes plusieurs de ses chansons. Tout ça prenait sens : Dany Brillant avec sa coiffure à la Elvis, ses costumes zazous et ses chansons d'un autre âge, ce mec était un psychopathe. Dany Brillant rit. Il était habillé d'un simple costume noir avec une chemise blanche ouverte sur la poitrine et des souliers noirs vernis. Une tenue qu'aurait pu porter Jerry Lee Lewis.

— Faux, faux, faux. Tu as tout faux, Tony. Je ne suis pas Dany Brillant, ni un cambrioleur, encore moins un *serial killer*. Est-ce qu'un tueur en série s'habillerait avec autant de classe ?

— Je ne sais pas, mais quelqu'un de normal ne s'habillerait pas avec ce genre de costume. Vous êtes Dany Brillant. Vous parlez comme lui, vous avez le même sourire, la même coiffure avec du cirage dans les cheveux. Vous êtes Dany Brillant.

— Erreur, Tony : je suis le fantôme de Dany.

— Dany Brillant est mort ?

— Non.

— Alors comment pouvez-vous être son fantôme ?

— Je suis un fantôme prématuré. Ça arrive. Je n'apparais que quand le Dany Brillant vivant dort.

— Vous plaisantez.

— Hé nan, Tony. Touche-moi.

Dany Brillant, ou son fantôme, s'approcha d'Antoine d'une démarche exagérément décontractée, les yeux malicieux, en claquant des doigts.

— J'ai compris, dit Antoine en se reculant, vous êtes un pervers.

— Je suis un fantôme ! dit Dany en riant. Touche-moi et tu verras que ta main passe à travers mon corps.

Et, en effet, la main d'Antoine traversa le corps de Dany. Cela amusa beaucoup Antoine.

— Eh, ça suffit ! Bas les pattes ! Je ne suis pas un jeu, Tony.

— Vous pouvez arrêter de m'appeler « Tony » ?

— Pas de problème, Tonio.

— Très bien, continuez à m'appeler « Tony », c'est moins épouvantable.

— Pas de problème, Tony. Tu permets que je jette un œil dans ton frigo ?

Sans attendre la réponse, Dany pénétra dans la cuisine. Il ouvrit la porte du frigo, illuminant la pièce. Antoine le rejoignit. Dany resta bouche bée devant le frigo ouvert, tomba à genoux, les bras levés, en adoration, comme en prière devant la profusion d'aliments. Il se releva et empila dans ses bras du Nutella, du foie gras, un saucisson, des fromages, des blinis, toutes sortes de victuailles. Il déposa son trésor sur la grande table de la cuisine, s'assit sur une chaise haute et commença à dévorer.

— Les fantômes mangent ? demanda Antoine en s'installant sur un tabouret en face de lui.

— La freuve, dit Dany la bouche pleine de blini tartiné de foie gras et de Nutella. Et en plus, ce qui est bien, c'est qu'on grossit pas. On peut manger des hamburgers toute la journée, boire autant de Coca qu'on veut, on prend pas un kilo. Être un fantôme, c'est super, c'est la belle vie, mec. Tu m'passes le Coke ?

— Écoutez, Dany, vous avez l'air très sympa, vous chantez de jolies chansons, mais demain je travaille, alors vous ne pourriez pas aller hanter quelqu'un d'autre ?

— J'peux pas, dit Dany après avoir vidé la moitié de la bouteille de Coca et roté sans retenue. J'ai une mission, c'est pour ça que je suis là.

— Oh, et votre mission, c'est de vider mon frigo ?

— Non, mais ça rend la mission encore plus sympathique.

— Vous ne pourriez pas arrêter de manger un instant et vous expliquer sans postillonner des miettes partout ? C'est moi qui fais le ménage.

— Cool, Tony. J'ai été désigné pour être ton ange gardien.

— Pour me prévenir des risques de cholestérol ? Qui vous a désigné ?

— J'sais plus, j'étais bourré. En tout cas, je suis là pour te tirer de toute cette merde.

Dany fit un grand geste englobant l'appartement. Il rota et fouilla dans la montagne d'aliments. Manifestement, le fantôme de Dany Brillant avait moins de classe que l'original.

— C'est merveilleux, alors ? remarqua Antoine, ironique.

— On peut dire ça, approuva Dany en attaquant un paquet de chips. Bon, Tony, c'est quoi ta vie ? Est-ce que tu es heureux ?

— Ce n'est pas le mot que j'emploierais, mais je ne suis pas malheureux non plus.

— Ni heureux ni malheureux ? Y a pas pire. Ta vie, c'est de la merde.

— Merci, c'est très délicat. Pour être ange gardien, vous ne suivez pas un genre de formation psychologique ?

— Non, ça s'apprend sur le tas. T'es mon premier, Tony, mon *first one*.

— Fantastique, vraiment fantastique.

Antoine commença à ramasser les déchets de nourriture et les emballages. Dany balaya la table avec ses mains, souleva les papiers gras, les morceaux de gâteau, les tranches de saumon et, enfin, trouva l'objet de sa recherche : l'édition de poche de la correspondance de Flaubert. Il l'épousseta et essuya le gras couvrant sa couverture, le feuilleta et l'ouvrit à une page qu'il corna.

— Voilà. Tu as un micro, Tony ?

— Dans le salon, Dany, murmura Antoine, de plus en plus fatigué. Sous la chaîne hi-fi.

Après avoir aspiré un petit pot de caviar avec une paille à tête de Mickey, Dany se rendit dans le salon. Il déballa le micro, le mit sur un pied et le raccorda à la chaîne hi-fi. Un bruit aigu de distorsion éclata.

— Tu pourrais me passer mon *Best of*, Tony ?

— Je n'ai pas votre *Best of*, Dany. D'ailleurs, je n'ai aucun disque.

— C'est pas grave, dit Dany en sortant un CD de sa poche, j'avais prévu le coup. Ta chaîne a l'option karaoké, c'est génial.

Il mit le disque dans le lecteur et appuya sur quelques touches. Il tenait le livre de la correspondance de Flaubert ouvert dans sa main gauche. Il tapota sur le micro, appuya sur « lecture » et les premières notes de son tube *Redonne-moi ma chance* surgirent des enceintes, sans les paroles. Il bougea la tête au rythme de la musique, puis commença à chanter un extrait d'une lettre à Mlle Leroyer de Chantepie, datée du 18 mai 1857, en suivant exactement la forme de sa chanson et en rajoutant des exclamations plus personnelles :

Les gens légers, bornés, les esprits présomptueux et enthousiastes veulent en toute chose une conclusion ;
Ils cherchent le but de la vie, ouais, et la dimension de l'infini, eh !
Ils prennent dans leur main, mmmh, dans leur pauvre petite main, une poignée de sable,
Et ils disent à l'océan :
« Je vais compter les grains de tes rivages », yeah !
Mais comme les grains leur coulent entre les doigts, ouais, et que le calcul est long,
Ils trépignent et ils pleurent, ouais, ils pleurent.
Savez-vous ce qu'il faut faire sur la grève ?
Il faut s'agenouiller ou se promener, ouais !

Promenez-vous.
Promène-toi, Tony ! Ouais, promène-toi ! Mmmh
promène-toi ! Tony !

Enfoncé dans le canapé, Antoine, malgré lui, se laissa bercer par le rythme agréable de la chanson. Les paroles l'avaient plongé dans un vertige. Il serrait un coussin dans ses bras. À la fin de la chanson, Dany le rejoignit. Il le saisit par les épaules et le secoua amicalement.

— Arrête de trop te prendre la tête, Tony. Un peu, c'est bien, mais le gros Gustave a raison : promène-toi sur la berge ! Il faut que tu arrêtes tes conneries, t'es pas un *golden boy*, c'est pas toi, ça. Envoie tout balader, ce connard de Raphi, retrouve tes amis et invente ta vie. Ouais, invente ta vie, Tony.

— Tout ce que vous dites ressemble à des paroles de chanson... murmura Antoine en se forçant à sourire.

— Déformation professionnelle, admit Dany.

La nuit commençait à se coucher, des oiseaux chantaient et sautillaient sur les branches des pylônes et des poteaux électriques. Dany se leva et épousseta son costume.

— Je dois partir maintenant : d'autres minables ont besoin de mes conseils. Mais je continuerai à veiller sur toi tant que tu ne seras pas tiré d'affaire. Tu t'en sortiras, Tony. Tu sais ce que disait Nietzsche ? « L'intelligence est un cheval fou, il faut apprendre à lui tenir les rênes, à le nourrir de bonne avoine, à le nettoyer, et parfois à utiliser la cravache. » Ciao, Tony.

Le fantôme de Dany Brillant traversa le salon et disparut dans l'obscurité du couloir sans qu'Antoine entende la porte s'ouvrir. Il s'endormit sur le canapé pour quelques heures qui lui semblèrent des siècles.

Pendant la semaine qui suivit la visite du fantôme, Antoine ne parla à personne ; il semblait préoccupé. Il ignora Raphi, ses amis agents de change et leurs sorties convenues dans les endroits à la mode. Le vendredi soir, en quittant le travail, il héla un taxi pour rentrer chez lui. Un van noir aux vitres teintées, avec une femme chevauchant un dragon peint dessus, stoppa juste devant lui dans un crissement de pneus. Le conducteur se tourna vers Antoine en pointant un revolver. Il avait un masque d'Albert Einstein sur le visage. La porte du van coulissa, deux autres Einstein le prirent chacun par un bras et l'engouffrèrent dans le véhicule. Antoine ne réagit pas ; il était si épuisé, si las, qu'il n'avait pas la force de s'opposer à des volontés contraires. Les Einstein le bâillonnèrent, lui bandèrent les yeux et le ligotèrent. Antoine tenta de noter mentalement le parcours, les moments où ils tournaient à gauche, à droite, les feux rouges, mais, au bout de cinq minutes, perdit le fil. Après une course pleine de dérapages et de calages, le van s'arrêta. Les Einstein sortirent Antoine. L'air doux du soir de septembre était agréable comme s'il avait été tissé de soie. Ils entrèrent dans un lieu fermé, un immeuble, sembla-t-il à Antoine. Quelqu'un le saisit par la taille et le mit sur son épaule. Dans cette position, il fut transporté sur plusieurs étages, qu'il n'arriva pas à compter, car il commençait à avoir des vertiges. Une porte s'ouvrit. Des bras l'installèrent sur une chaise. Les kidnappeurs lui enlevèrent ses liens, son bandeau, et l'attachèrent à la chaise. Ils lui laissèrent son bâillon. Pendant quelques secondes, il vit trouble, devina des silhouettes tout autour de lui, une fenêtre. Enfin, les images devinrent nettes, il put observer les quatre personnes habillées de noir toujours affublées d'un masque d'Albert Einstein. Elles lui faisaient face, en demi-cercle devant lui, sans rien dire. Antoine essaya de parler, mais son bâillon ne permit aucune articulation. Il regarda attentivement la pièce à la recherche d'indices, de quelque chose qui expliquerait son enlèvement. De grands draps blancs avaient été tirés sur les murs et devant la fenêtre. Une lampe halogène était branchée derrière ses ravisseurs, ce qui les rendait plus grands et plus impressionnants qu'ils ne l'étaient réellement; leurs ombres gigantesques s'étalaient dans toute la pièce et passaient sur Antoine, ligoté sur sa chaise. Les rides de plastique des masques d'Einstein ressortaient en des contrastes terrifiants, leurs crinières de cheveux blancs brillaient comme des collines de flammes débarrassées de leurs couleurs.

Ils tirèrent Antoine sur sa chaise et le collèrent dos à la fenêtre. À côté de lui, ils installèrent un appareil à diapositives. Alors commença la plus étonnante séance d'exorcisme qui eut jamais lieu.

D'un sac en plastique Champion, un Albert Einstein sortit une dizaine de têtes et de pattes de poulets. Il les disposa en cercle tout autour de la chaise et attacha une tête de coq avec ses belles plumes autour du cou d'Antoine. Un autre Albert Einstein prit une bouteille remplie de sang et lui barbouilla le visage. Les quatre Albert Einstein se placèrent légèrement derrière Antoine; la lumière s'éteignit; l'appareil à diapositives se mit en marche.

En même temps que l'appareil diffusait des diapositives des grands esprits de l'humanité, d'œuvres d'art, d'inventions et de découvertes, les quatre Einstein lurent, comme des incantations, des textes censés par une allopathie naïve combattre la léthargie. Tous les quatre avaient en main un exemplaire des *Méditations métaphysiques* de Descartes, dans la collection à couverture rouge des PUF, et l'on aurait dit qu'ils tenaient un livre de prières. En chœur, ils lurent la première méditation, à voix haute et forte, pendant que les visages d'artistes, de scientifiques, d'humanistes et des Simpsons défilaient sur le drap. Ils continuèrent en déclamant des passages des *Pensées* de Pascal, des *Commentaires* d'un amoureux de Gracián et du vin de Bourgogne et les moments les plus drôles de *Trois Hommes dans un bateau*, de Jerome K. Jerome.

La séance d'exorcisme dura un peu plus d'une heure. Enfin, le cliquetis des diapositives s'arrêta. Les ravisseurs cessèrent leurs mélopées érudites. Ils allumèrent la lampe et arrachèrent les draps qui couvraient la pièce. Antoine reconnut son ancien studio de Montreuil. Les kidnappeurs se démasquèrent : les visages en sueur d'As, Charlotte, Ganja et Rodolphe apparurent. Ils semblaient satisfaits du travail accompli, mais il fallut les gesticulations d'Antoine sur sa chaise pour qu'ils pensent à le libérer.

— Vous avez perdu la tête ou quoi ? demanda Antoine aussi calmement qu'il put, se débarrassant avec horreur de la tête de coq attachée à son cou.

— On voulait juste te désenvoûter, Antoine, expliqua Ganja. Tu étais devenu un assez sale con.

— J'ai une tante un peu sorcière vaudou, continua Charlotte, elle nous a expliqué comment te libérer de ce sort que tu t'étais toi-même lancé.

— Nous t'avons sauvé, pérora Rodolphe avec sa suffisance habituelle. Tu étais devenu un zombie. On t'a dézombifié. Mission accomplie.

As prit Antoine dans ses bras et le serra fort contre son immense corps lumineux. En octosyllabes, il lui dit combien il était heureux de le revoir. Antoine abandonna l'idée de se mettre en colère : ses amis n'avaient eu qu'une généreuse intention à son égard, même si c'était avec maladresse et au risque de le traumatiser, ils avaient voulu le sauver.

Antoine leur raconta – sans mentionner la visite nocturne du fantôme de Dany Brillant pour ne pas les inquiéter sur sa santé mentale – qu'il avait arrêté de prendre ses pilules depuis une semaine et avait préparé sa sortie en beauté : il avait introduit un virus dans le système informatique de la société de Raphi, qui, relié au réseau mondial, devait provoquer à la réouverture des marchés, au début de la semaine, quelque chose comme une réjouissante pagaille financière.

Cette nuit de délivrance, ils dormirent tous étalés sur les draps blancs dans le studio d'Antoine, comme des enfants dans une cabane construite dans un chêne au milieu d'une forêt magique.

Quelques jours passèrent, pendant lesquels Antoine dépensa son temps avec ses amis, à s'amuser et à retrouver la joie d'être dépendants les uns des autres.

Un matin, des policiers frappèrent à sa porte et l'arrêtèrent. Raphi s'était enfui en Suisse avec quelques économies. Considérant que son exil helvétique était une punition suffisamment cruelle, la Justice ne demanda pas son extradition. Très vite, un procès eut lieu. Antoine paya une amende qui engloutit tout l'argent qu'il avait pu gagner ; tous ses biens inutiles, ses tableaux, sa voiture, furent saisis ; et, comme personne n'avait été blessé, il ne fut condamné qu'à six mois de prison avec sursis. Antoine trouva que c'était un prix honnête pour l'exil de Raphi et pour avoir fait disparaître quelques milliards.

C'était un de ces matins à l'orée de l'automne où la lune réussit à survivre au jour. Le soleil n'apparaissait pas dans le ciel : il perçait délicatement dans toutes les individualités naturelles et urbaines, transpirait des pétales de fleurs, des immeubles anciens et des visages fatigués des passants. Dans l'holocauste fécond du temps qui passe fleurissent pour les yeux traumatisables les seuls véritables édens, ceux dont l'architecture est une sensation.

Ce dimanche matin, Antoine se réveilla à huit heures. Dans les flots entremêlés qui séparent le sommeil de l'éveil, il lui avait semblé entendre une chanson.

En s'étirant, il se leva. Après avoir mis de l'eau à chauffer, il prit une douche. Une fois le thé infusé, il resta un instant à regarder le liquide vert et fumant devant sa fenêtre. Sur une branche, un rouge-gorge semblait prendre la pose pour la mémoire d'Antoine ; le soleil d'été exhalait un flash permanent dans l'atmosphère. Sans boire une goutte de son thé, il posa la tasse devant la fenêtre et sortit de son studio.

Il marcha jusqu'au parc de Montreuil, se faufilant entre les voitures et les passants. Il se dépêcha, les lacets défaits, les cheveux en bataille encore humides. À cette heure, le parc était quasiment désert : des vieillards se promenaient, des femmes aéraient leurs enfants, une peintre avec un grand chapeau avait dressé sa toile sur l'herbe.

Antoine marchait d'un pas vague, comme perdu dans ce lieu plat et calme. Il s'assit sur un banc à côté d'un vieil homme appuyé sur sa canne à pommeau d'argent. Le vieil homme portait un chapeau de feutre gris avec une bande de soie noire ; il tourna légèrement la tête vers Antoine, puis reprit sa position de sentinelle fatiguée. Antoine regarda dans la même direction et, pendant un moment, ne vit rien, mais, en plissant les yeux, observant avec acuité, une jeune femme apparut juste devant lui. Elle scruta Antoine, pencha la tête, se baissa pour l'examiner comme s'il était une sculpture, puis lui tendit la main. Par réflexe de courtoisie, Antoine lui serra la main. Il voulut parler, mais la jeune femme mit un doigt sur ses lèvres et lui fit signe de se lever et de la suivre. Ils s'éloignèrent du banc et du vieil homme.

— Je cherche des amis, dit la fille en regardant Antoine, puis alentour.

— Ils ressemblent à quoi ?

— À toi, peut-être. Comme tu avais l'air d'être quelqu'un d'intéressant assis sur ce banc, je me suis dit que tu voudrais bien être un de mes amis. Tu as l'air d'être de bonne qualité. De qualité supérieure.

— De qualité supérieure... On dirait que tu parles de jambon.

— Non, pas de jambon, je ne mange pas de viande.

— Et tu manges tes amis ?

— Je n'ai plus d'amis, il faut que tu suives un peu. Là, comme je dis des choses vraiment étonnantes, tu es censé me demander pourquoi.

— Mon agent a oublié de m'envoyer la suite du script. Donc... pourquoi ?

— Pourquoi quoi ? demanda-t-elle en jouant l'étonnement de façon très convaincante.

— Pourquoi tu n'as plus d'amis ?

— Ils ont moisi. Je n'avais pas remarqué qu'ils avaient une date de péremption. Il faut faire attention à ça. Mes amis ont commencé à avoir des traces de pourriture, des taches vertes assez dégoûtantes. Ce qu'ils disaient commençait vraiment à sentir mauvais...

— Ça peut être dangereux.

— Oui, ils auraient pu me filer la salmonellose.

— Tu les as mis à la poubelle?

— Non, pas besoin, ils se sont jetés eux-mêmes dans leur vie débile.

— Tu es sévère.

— Excuse-moi, ce n'est pas ton texte: tu devais dire: «Tu es fantastique.»

— Il y a eu des modifications de dernière minute dans le scénario.

— Je suis toujours la dernière au courant!

La fille stoppa net et se tapa une main contre le front. Elle se mit face à Antoine, un peu catastrophée, les yeux grands ouverts.

— On a oublié la scène de la présentation! On a oublié la scène de la présentation! Nous devons tout rejouer depuis le début. Viens, on retourne au banc.

— Tu sais, répondit Antoine en l'arrêtant, on pourra faire un raccord. C'est pour ça qu'est fait le montage.

— Tu as raison. Marchons quelques instants sans rien dire et présentons-nous. Action.

Ils marchèrent dans les petites allées du parc, sur les pelouses, regardant les arbres, les oiseaux. Le temps était doux, l'air avait une couleur claire et presque scintillante. Jamais mois de septembre n'avait été aussi agréable; il ignorait ingénument l'automne approchant, restait fier, debout, brûlait les dernières forces de l'été comme si elles étaient infinies.

— Oh, dit la fille spontanément, je m'appelle Clémence.

— Enchanté, répondit Antoine sur un ton enjoué. Je m'appelle Antoine.

— Je suis ravie de faire ta connaissance, dit-elle en lui serrant la main, puis, après quelques secondes de silence, elle continua: maintenant, Antoine, reprenons à partir du moment où tu disais que j'étais fantastique.

— Je disais que tu étais sévère.

— Tu es très injuste. Tu ne juges personne, toi ?

— J'essaye, mais c'est difficile.

— Ma théorie, c'est qu'on peut comprendre et juger. On juge juste pour se défendre, parce que qui essaye de nous comprendre ? Qui comprend ceux qui essayent de comprendre ?

— Lacenaire disait que les seuls qui sont habilités à juger sont les condamnés.

— Alors ça va, nous sommes les condamnés, dit Clémence en écartant les bras. J'ai toujours été condamnée, depuis que je suis petite j'ai été jugée avec des sentences silencieuses. C'est beau ce que je dis, non ?

— Exemple ?

— Par exemple : tout. Toute la société est un jugement contre moi. Le travail, les études, la musique moderne, l'argent, la politique, le sport, la télévision, les mannequins, les journaux, les voitures. Ça, c'est un bon exemple, les voitures. Je ne peux pas faire de vélo, marcher où je veux, profiter de la ville : les voitures condamnent ma liberté. Et elles puent, elles sont dangereuses...

— Je suis d'accord. Les voitures sont une calamité.

Ils achetèrent une barbe à papa. Picorant, arrachant des volutes roses, ils l'engloutirent rapidement, ensuquant leurs doigts et leurs lèvres.

— Un autre truc, dit Clémence. Selon moi, la grande division du monde, bon, à part tout le truc des classes sociales, la grande division du monde est entre ceux qui allaient aux boums et ceux qui n'y allaient pas. Et cette division de l'humanité, qui date du collège, persiste toute la vie sous d'autres formes.

— Je n'étais pas invité aux boums.

— Moi non plus. Ils avaient peur, parce que je disais ce que je pensais, et je pensais beaucoup de mal de mes camarades. Je détestais presque tout le monde. C'était génial. Mais maintenant, parce qu'ils se sont aperçus combien nous sommes fantastiques, ils voudraient nous inviter aux boums d'adultes, et faire comme si rien ne s'était passé, comme si tout était oublié. Mais, non, nous n'irons pas.

— Ou alors seulement pour piquer des petits fours et des bouteilles d'Orangina.

— Et donner à tous ces gens des coups de batte de base-ball sur le crâne, dit Clémence en mimant le geste.

— Et on les achèvera avec des clubs de golf, c'est plus élégant.

— Avec classe, avec grâce !

Tout en discutant, ils quittèrent le parc. Ils marchaient côte à côte, Clémence sautillait, cueillait des fleurs, pourchassait les oiseaux en tapant dans ses mains. Elle avait à peu près l'âge d'Antoine ; par moments très sérieuse et, l'instant d'après, désinvolte et légère, sa personnalité n'arrêtait pas de virevolter. D'un air candide, elle s'exclama en écartant les bras :

— Pourquoi on n'aurait pas le droit de critiquer, de trouver des gens cons et débiles, sous prétexte que nous aurions l'air aigris et jaloux ? Tout le monde se comporte comme si nous étions tous égaux, comme si nous étions tous riches, éduqués, puissants, blancs, jeunes, beaux, mâles, heureux, en bonne santé, avec une grosse voiture... Mais ce n'est pas vrai. Alors, j'ai le droit de gueuler, d'être de mauvaise humeur, de ne pas sourire béatement tout le temps, de donner mon avis quand je vois des choses pas normales et injustes, et même d'insulter des gens. C'est mon droit de râler.

— D'accord, mais... c'est fatigant. On a peut-être mieux à faire, non ?

— Tu as raison, concéda Clémence. C'est idiot de dépenser de l'énergie pour des trucs qui n'en valent pas la peine. Il vaut mieux garder nos forces pour s'amuser.

— Et se promener sur la berge.

— Se promener sur la berge... C'est dans une chanson, non ?

Clémence chantonna un vague air. Ils marchaient sur le trottoir parmi la foule des travailleurs et des chômeurs, des étudiants, des vieillards et des enfants. Les magasins, les boulangeries, les banques ne désemplissaient pas de ces globules bariolés que sont les êtres humains dans l'appareil circulatoire de la ville. Une voiture passa devant eux en klaxonnant. Elle s'arrêta dix mètres plus loin à un feu rouge. Clémence prit Antoine par le bras.

— Ferme les yeux, lui demanda-t-elle. J'ai une surprise pour toi.

Antoine ferma les yeux. Un vent léger et chaud ébouriffa les cheveux des deux jeunes gens. Clémence guida Antoine en le tirant par le bras ; elle l'amena au milieu de la rue. À cent mètres, une voiture noire arrivait.

— Bon, tu peux ouvrir les yeux.

— Clémence, il y a une voiture qui arrive, constata tranquillement Antoine.

— Tu as promis de me faire confiance.

— Non, pas du tout, je n'ai jamais dit ça.

— Ah, j'ai oublié de te le demander. Fais-moi confiance, d'accord ?

— Clémence, la voiture…

— Jure que tu as confiance en moi et arrête de gémir, espèce de mauviette. Tu ne dois pas bouger, c'est très important. Jure.

— D'accord, je le jure. Je ne bougerai pas, je ne… bougerai pas…

La voiture n'était plus qu'à trente mètres, son klaxon hurlait pour que les deux jeunes gens quittent la route. Antoine et Clémence ne bougeaient toujours pas, des passants les regardaient. À l'avant-dernier moment, Clémence tira Antoine par le bras et ils tombèrent sur le trottoir. La voiture noire passa en grognant méchamment et en montrant les dents.

— Je t'ai sauvé la vie, dit Clémence. Je suis ton héroïne ! (Elle se releva et aida Antoine à se mettre debout.) Ça veut dire qu'on est liés pour la vie. Désormais nous sommes responsables l'un de l'autre. Comme les Chinois.

— Je crois que j'ai eu assez d'émotions pour aujourd'hui.

— Tu as un certain nombre d'émotions à ne pas dépasser?

— Oui, c'est ça, sinon je fais une overdose. Ne me dis pas que les overdoses d'émotions sont géniales, je n'y suis pas habitué.

Affamés par leur vie si aventureuse, Clémence et Antoine convinrent d'aller déjeuner au *Gudmundsdottir* avec As, Rodolphe, Ganja, Charlotte et sa copine. Mais, comme il restait quelques heures avant midi, ils décidèrent de jouer aux fantômes. Clémence expliqua à Antoine en quoi consistait ce jeu: ils devaient se conduire comme des fantômes, regarder les gens aux terrasses des cafés sous toutes les coutures, se promener dans les rues et les magasins bruyants, hululer, flâner en profitant de leur invisibilité, se conduire comme s'ils avaient disparu des yeux du monde. En agitant leurs chaînes et en levant les bras de manière terrifiante, Clémence et Antoine commencèrent à hanter la ville.

6322

Composition :
CHESTEROC LTD.

Achevé d'imprimer en Slovaquie
par NOVOPRINT
le 4 janvier 2011.

EAN 9782290319871
1er dépôt légal dans la collection : août 2002

ÉDITIONS J'AI LU
87, quai Panhard-et-Levassor, 75013 Paris

Diffusion France et étranger : Flammarion